판타스틱 걸

자다가도 내 이야기를 들어주는
예쁜 이수창에게.

차례

1. 버뮤다 삼각지대 _ 17세 오예슬 · 11
2. 잘못된 만남 _ 27세 오예슬 · 43
3. 누더기 퀸카 _ 17세 오예슬 · 72
4. 골칫덩어리 '나' _ 27세 오예슬 · 101
5. I'm a model _ 17세 오예슬 · 127
6. 혹독한 트레이닝 _ 27세 오예슬 · 158
7. 사라진 미스 노 _ 17세 오예슬 · 175
8. 현실과 판타지 _ 27세 오예슬 · 192
9. 시간의 거리 _ 17세 오예슬 · 214
10. I love me! _ 27세 오예슬 · 246
11. 다시 시작하기 _ 17세 오예슬 · 269

작가의 말 · 273

캔자스 외딴 시골집에서

어느 날 잠을 자고 있을 때

무서운 회오리바람을 타고서

끝없는 모험이 시작됐지요.

―「오즈의 마법사」 애니메이션 중에서

1. 17세 오예슬

버뮤다 삼각지대

인천 국제공항 안은 사람들로 인해 발 디딜 틈이 없었다. 출국장에 서는 버스마다 사람들이 줄지어 내렸고, 공항 안은 세일 중인 백화점을 떠올리게 할 만큼 사람들이 많았다. 다양한 인종의 외국인부터 시작해서 할머니 단체 관광객들, 보이스카우트 소년단, 전지훈련 가는 운동선수 등 평소에는 볼 수 없는 사람들을 한꺼번에 다 볼 수 있었다.

공항에는 두 번째다. 지난 5월에 제주도로 수학여행을 가면서 처음 공항에 와 봤다. 하지만 그때는 김포 공항이었고, 사람들이 이렇게 많지도 않았다. 아직 본격적으로 여행이 시작되지도 않았는데, 복잡한 공항 안을 보고 있으려니 벌써 지친다. 하지만 내가 이 여행을 얼마나 기다렸던가. 기운을 차리기 위해 발끝에 힘을 주고 허리를 꼿꼿이 세운 후 바짝 일어섰다.

엄마는 막내 이모에게 전화를 하고 오겠다며 잠깐 의자에 앉아 있으라고 했다.

사람들이 많아 빈 의자가 거의 없었는데, 다행히 우리 앞쪽에 일어서는 사람들이 있었다. 난 얼른 달려가 그 자리에 앉았다. 오예진은 천천히 걸어와 내 옆에 앉았다. 내게 수고했다는 말 한마디 하지 않았다. 내가 째려봤지만 날 쳐다도 보지 않았다. 메리는 가방 안이 답답한지 계속 왕왕 짖었다. 가방 안에서 메리를 꺼내 머리를 쓰다듬어 주었다. 메리는 이곳이 낯선지 계속 짖어 댔다. 개 짖는 소리가 거슬리는지 지나가던 사람들이 메리가 있는 쪽을 쳐다봤고, 자연스레 그 시선은 메리를 안고 있는 나에게서 삼 초쯤 멈추었다. 어떤 커플의 남자는 여자 친구에게 팔을 꼬집힌 후에야 내게서 시선을 돌렸다.

"그렇게 짧은 치마를 입고 다니면 어쩌냐?"

오예진이 내 다리를 힐끔 보며 한소리 했다. 난 못 들은 척하고 딴 소리를 했다.

"왜 이렇게 여행 가는 사람들이 많은 거야? 아휴."

"지금 성수기잖아. 학교 방학에 직장인들 휴가까지 겹쳐서 일 년 중 요즘이 가장 여행 가는 사람이 많을 때라고."

난 아무 대꾸도 하지 않았다. 하여튼 오예진은 입만 열었다 하면 아는 척이다. 그렇게 아는 게 많으면서도 뭘 또 공부할 게 있다고, 지금도 책을 읽고 있다. 얼핏 보니, 책장에 글씨가 빽빽하다. 첫 해외여행을 앞두고 글자가 머릿속에 들어가나? 난 책이라면 패션 잡지와 만화책을 빼고는 다 질색이다.

그나저나 은지는 어디쯤 왔을까? 은지는 열흘 동안 우리 가족 대신 메리를 돌봐 주기로 했다. 어제 은지네 집에 메리를 데려다 주려고 했지만, 늦게까지 민준이와 같이 있는 바람에 은지네 집에 가지 못했다.

은지와 처음 알게 된 건 중학교 1학년 때인데, 신기하게도 중학교 3학년 때만 제외하고 고등학교 1학년인 지금까지 세 번이나 같은 반이 되었다. 나는 모델이 꿈이고, 은지는 가수가 꿈이라 우리는 통하는 게 많다. 내 몸매와 외모를 시기 질투하여 나를 싫어하는 아이들이 꽤 많다. 하지만 그런 애들 따위 조금도 신경 쓸 필요가 없다. 나중에 나는 멋진 탑 모델이 될 것이고, 그 애들은 일개 평범한 회사원에 지나지 않을 테니까.

어디야?

은지에게 문자를 보냈다. 은지는 공항전철에서 내려 공항 안으로 들어오는 중이라며, 여기 위치를 물었다. 난 문자로 내가 있는 위치를 알려 주었다.

"오예슬!"

은지가 멀리서 뛰어오며 내 이름을 크게 불렀다. 사람들의 시선이 나와 은지 쪽으로 쏠렸다. 으, 정말 창피하다. 난 얼른 일어서서 은지 쪽으로 달려가 은지의 팔을 잡았다.

"조용히 좀 해."

"내가 목소리가 좀 크잖니."

은지가 헤실헤실 웃으며 대답했다.

"언니, 안녕하세요."

오예진은 은지에게 안녕, 이라고 짧게 대답하고 다시 책을 읽기 시작했다. 하여간 사회성은 제로다.

"자, 이거 받아."

은지가 쇼핑백을 내밀었다.

"이게 뭐야?"

쇼핑백을 들여다보니, 이것저것 자질구레하게 뭔가 들어 있었다.

"튜브 고추장이랑 김치 통조림이야. 외국 나가면 한국 음식이 제일 먹고 싶다잖아."

"뭘 이런 걸 가져왔냐? 난 음식이 입에 안 맞아도 상관 없어. 다이어트 되고 좋지 뭐. 근데 이건 뭐야?"

쇼핑백 안에는 먹을 것 말고 다른 것도 있었다.

"수분팩 좀 몇 개 챙겼어. 아빠 회사에서 나온 신제품이야. 비행기 안이 엄청 건조하다잖아."

내가 수분팩을 꺼내 들자 은지가 말했다. 난 생각도 못했는데 가끔 은지는 의외의 센스를 보인다.

은지네 아빠가 화장품 회사에 다녀서, 은지가 자주 화장품을 가져다준다. 하지만 은지는 화장품 회사를 싫어한다. 아빠 엄마가 나중에 화장품 회사에 들어가라고 하기 때문이다. 은지는 가수의 꿈을 한낱 공짜 화장품과 바꿀 수 없다고 주장한다.

"너, 우리 메리 잘 돌봐야 해. 밥 주는 것도 잊지 말고."

"걱정 붙들어 매."

메리를 은지의 팔에 넘겨주었다. 다행히 메리는 은지 품에 안기는 것을 싫어하지 않았다.

"가족 여행이라니, 정말 부럽다. 그것도 해외로!"

은지가 해외를 강조해서 말했다. 하지만 은지가 부러워하는 만큼 여행 가는 우리 가족의 분위기가 그리 좋지만은 않다. 엄마는 여행을 준비하는 내내 약국을 비우는 것을 걱정했고, 언니는 여행 자체에 별 관심이 없었다. 신난 건 나 혼자다.

"근데 엄마 약국은 어떻게 하고 가는 거야?"

"같이 일하는 약사 언니가 혼자 보기로 했어."

학생인 오예진과 나에게 열흘이란 시간은 별로 길지 않지만, 일을 하는 엄마에게는 결코 짧은 시간이 아니다. 막내 이모가 예전부터 한번 놀러오라고 했지만, 엄마는 약국을 비울 수 없다며 계속 미뤘다. 그러다가 막내 이모가 무작정 비행기 티켓을 보내 이번에는 어쩔 수 없이 여행길에 오르게 되었다.

'딩동.'

핸드폰 문자 벨이 울렸다.

우리 공주, 가서 재밌게 놀다와~ 하지만 내가 있다는 사실 잊으면 안 돼!!

내 사랑 민준이다. 민준이와 사귄 지 일 년이 다 되어 가지만, 아직은 남자 친구를 바꿀 생각이 전혀 없다. 이제까지 난 남자 친구와 오래 만나 봤자 100일을 넘길까 말까였다. 사귄 지 두 달 이상 되면 재미없고, 시시했다. 하지만 민준이는 다르다. 민준이 역시 여자애들 사이에서 꽤 인기가 있어 콧대가 높을 것이라고 생각했지만, 의외로 민준이는 자상하고 착하다. 민준이는 나를 정말 공주처럼 대해 준다. 내가 원하는 건 다 들어주려고 하고, 내가 시키는 건 다 한다. 알고 보니 민준이는 나를 이 년 넘게 짝사랑했단다. 중학교 1학년 때 학원에서 처음 만난 후부터 나를 좋아했다는 것이다. 그걸 고백할 때 빨개진 민준이의 얼굴을 생각하면 지금도 웃음이 난다.

민준이는 내가 마이애미에 간다는 이야기를 들은 이후로 계속 전전긍긍했다. 가지 않으면 안 되느냐며, 자기도 같이 가고 싶다는 둥 계속 매달렸다. 그곳에서 내가 다른 남자애를 만날까 봐 잠이 오지 않는다고 했다. 나는 다른 남자는 쳐다보지도 않겠다고 했지만, 민준이는 남자들이 나를 쳐다보는 건 그럼 어쩔 거냐고 걱정했다. 비키니 두 벌을 가지고 간다는 사실을 숨기길 잘했다. 그걸 알게 된다면, 민준이는 앓아누울 게 분명하다.

"껌딱지 커플이 떨어져 있어서 어쩌냐?"

은지가 내 핸드폰 액정을 훔쳐보며 말했다.

"괜찮아."

"너 말고 이민준. 애가 닳는다, 닳아."

은지는 아예 내 핸드폰을 제 손으로 가져가더니, 수신함에서 민준이 보낸 문자를 찾아 읽으며 킬킬거리며 웃었다.

"헤어진 지 얼마나 됐다고 보고 싶어 죽겠다고 난리냐? 온통 보고 싶다는 문자밖에 없잖아."

"그만 놀려."

은지 손에 있는 핸드폰을 빼앗았다.

민준이와 헤어진 지 열두 시간도 채 되지 않았지만, 나도 벌써 민준이가 보고 싶다.

"완전 닭살이야. 카리스마 이민준한테 이런 면이 있었어?"

"사랑은 사람을 변하게 만든다잖아."

"어디 남자 친구 없는 사람 서러워서 살겠니?"

"너도 빨리 만들어. 남자 친구가 없다는 건, 곧 능력이 없다는 뜻이야."

나는 오예진더러 들으라고 일부러 큰 소리로 말했다. 오예진은 남자가 대부분이라는 공대에 다니면서도 남자 친구 한 명 사귄 적이 없다.

"근데 너, 마이애미로 가는 거지?"

"응. 휴양의 도시, 마이애미! 내가 끝내주게 선탠해서 돌아올게."

난 허리에 손을 얹고 몸을 이리저리 흔들었다.

"비행기에서 조심해."

"왜?"

"마이애미가 버뮤다 삼각지대에 속하는 곳이래."

"버뮤다 삼각지대? 그게 뭔데?"

"왜 비행기나 배가 많이 실종되는 곳 있잖아."

"그래?"

처음 들어 본 이야기다. 은지도 자세히는 모르는지 하여튼 조심하라는 말만 반복했다.

"그건 그냥 미스터리를 만들어내기 좋아하는 사람들이 하는 소리일 뿐이야."

그때 갑자기 오예진이 우리 대화에 끼어들었다. 오예진은 책을 덮으며 나와 은지를 쳐다보았다.

"버뮤다 삼각지대는 마이애미, 버뮤다, 푸에르토리코, 이 세 지역을 기점으로 한 삼각지대를 말해. 돌풍과 허리케인이 자주 일어나는 곳인데, 몇 십 년 전에 갑작스러운 돌풍으로 항해 중인 선박이 침몰하고 항공기가 추락한 적이 있어."

은지는 바로 자기가 하려던 말이 그거였다며 박수를 치며 맞다고 했다.

"하지만 거기를 지난다고 모두 침몰하거나 실종되는 건 아니야. 그 사고 빈도는 다른 곳을 운항하는 비행기나 배가 당하는 것과 비슷해. 말 지어내기 좋아하는 사람들이 괜히 하는 이야기일 뿐이라고."

"우아, 언니는 정말 모르는 게 없는 것 같아요."

은지가 칭찬하자, 오예진이 우쭐한 표정을 지었다. 책벌레라서 그런지 아는 것도 많다. 하지만 난 오예진이 하나도 부럽지 않다. 대학생이 되어서까지 공부를 하다니 도저히 이해할 수 없다. 제대로 된 남자 친구 하나 사귀지도 못하고, 옷도

대충 입은 채 학교에 다니고, 매일 집에서 책만 읽는다. 난 대학생이 되면 절대 저렇게는 지내지 않을 것이다. 지금보다 훨씬 더 잘 꾸미고, 남자 친구도 많이 사귀고, 매일 놀러만 다닐 거다.

"무슨 생각해? 왜 그렇게 실실 웃어?"

은지가 내 팔을 툭 치며 물었다.

"아무것도 아니야."

미래의 나의 모습을 상상만 해도 즐겁다.

공항 라운지 의자에 앉아 은지와 이야기하고 있는데, 엄마가 돌아왔다. 엄마는 비행기표를 발권해야 한다며, 우리를 데리고 공항 카운터로 갔다. 엄마는 여행 가방을 비행기에 들고 탈 필요가 없다고 했다. 카운터에서 수화물로 부치면 된단다. 난 은지가 준 쇼핑백에서 수분팩을 꺼내고, 나머지를 모두 가방에 넣었다.

발권을 마치고, 출국장으로 향했다. 더 이상은 은지와 함께 갈 수 없다. 출국장 입구 앞에서 마지막으로 메리를 한번 안았다. 은지에게 메리를 건네주면서 작별 인사를 했다.

"나 없는 한국을 네가 잘 지키고 있어라."

"걱정하지 마. 내 한 몸 바쳐서 한국을 지키고 있으마."

은지를 향해 손을 머리 위로 올려 크게 흔들었다. TV 드라마를 보면서, 나도 꼭 한 번 공항에서 이렇게 해 보고 싶었다.

"그만 좀 해."

오예진이 나에게 한소리 했고, 엄마도 창피한지 내 팔을 잡아 내렸다. 둘 다 낭만이라고는 도통 없는 사람들이다.

여행을 떠나는 사람들이 많아 한참을 기다린 후에야 출국 심사대에 섰다.

어디로 여행을 가는지, 얼마나 있다 오는지 물어볼 거라 생각했지만, 의외로 출국 심사는 아주 간단했다.

여자 직원은 내 여권과 비행기 표를 살펴본 후, 아무것도 묻지 않고 여권에 도장을 쾅 찍어 주었다.

출국 심사를 받는 데만 삼십 분이 넘게 걸렸지만, 일찍 공항에 와서 그런지 비행기 출발 시간까지 아직 한 시간이나 남았다. 난 면세점을 구경하고 싶었지만 엄마와 오예진은 출국장에 들어오자마자 다리가 아프다며 의자를 찾아 앉았다.

"엄마, 비행기 타면 실컷 앉아 있을 거잖아. 면세점 한 바퀴만 돌자. 응?"

엄마의 팔을 잡고 졸랐다.

"됐어. 살 것도 없는데 뭐."

엄마는 의자 뒤로 몸을 기대며 눈을 감았다. 엄마와 같이 다니지 않으면 마음에 드는 물건을 봐도 살 수 없지만, 엄마는 꿈쩍도 하지 않았다. 할 수 없다. 혼자서라도 면세점 구경을 해야지. 가만히 앉아 있는 건 너무 지루하다.

면세점의 휘황찬란한 불빛을 보니 가슴이 뛰었다. 나는 면세점 화장품, 향수 코너에서 화장품을 바르고, 향수의 향을 맡아 보았다. 이것저것 둘러보고 있는데, 점원이 다가왔다.

"손님, 이건 이번에 저희 회사에서 새로 출시한 제품이에요. 향을 한번 맡아 보실래요?"

여자 점원은 상냥하게 웃으며 내게 시향 종이를 내밀었다. 장미꽃과 달콤한 벌꿀 향이 나는 게 아주 좋았다.

"이건 저희 베스트셀러 제품이고요."

점원은 내게 다른 시향 종이를 건네주었다. 첫 번째 것과 다르게 상큼한 향이 나서 기분까지 다 시원해졌다. 이것도 마음에 쏙 들었다.

"근데 혹시 연예인이세요?"

점원이 고개를 갸우뚱거리며 물었다.

"네?"

"아니면 모델?"

"아니에요."

난 웃으며 아니라고 대답했다.

"아니, 너무 예쁘셔서요. 몸매도 완전 모델이세요."

모델 지망생이라는 말을 할까 하다가 그만두었다. 지망생은 왠지 폼이 나지 않는다. 주위에 있는 사람들도 점원이 내게 연예인이냐고 물었던 것을 들었는지, 내 쪽을 흘끔흘끔 쳐다보고 있었다.

"신인 탤런트 아냐?"

"텔레비전에서 본 것 같기도 해. 아니면 잡지에서 봤나?"

귀를 기울여 사람들이 하는 말을 모두 들었다. 하지만 난 아무것도 듣지 못한 것마냥 조금도 신경쓰지 않는 척하고, 고개를 살짝 들어 제품을 이리저리 살펴보았다. 하여튼 난 어딜 가나 주목받는다니까.

향수를 구경한 후, 점원에게 다른 곳을 둘러보고 오겠다고 말했다. 그런데 점원이 나를 붙잡았다.

"잠시만요."

점원은 카운터로 가더니, 무언가를 꺼냈다.

"샘플이에요. 한번 써 보세요."

점원이 내게 작은 병을 내밀었다. 샘플치고 병이 꽤 컸다. 점원이 나를 보며 싱긋 웃었다. 난 고맙다는 말을 하고 자리를 옮겼다.

이번에는 샤넬 향수의 향을 맡기 위해, 샤넬 화장품 코너로 갔다. 그런데 덩치가 거대한 여자가 향수 코너를 혼자 온통 차지하고 있었다. 여자가 너무 뚱뚱해서 도저히 그 뒤로 지나갈 수가 없었다. 저 여자는 도대체 몇 킬로그램이나 나갈까? 고릴라 옆에 서 있으면 누가 사람이고 누가 고릴라인지 분간이 안 갈 것 같다.

"어쩜 저렇게 자기 관리를 안 하는 거야? 부끄럽지도 않나?"

난 휙 돌아서 여자가 서 있는 곳 다음 칸으로 갔다.

시향을 하고 있는데, 갑자기 내 앞에 큰 그림자가 생겼다. 고개를 들어 보니, 아까 그 고릴라다. 여자는 눈을 부릅뜨고 나를 한 대 칠 것처럼 노려보고 있었다. 순간, 가슴이 철렁했다.

"넌 얼마나 자기 관리 잘하고 사는지 두고 보자!"

여자는 내게 딱 한마디를 남기고 매장 밖으로 나갔다.

정말 이상한 여자다. 내가 틀린 말을 한 것도 아니고, 왜 저렇게 화를 낸담? 그 말에 기분 나빠할 정신이 있으면, 차라리 살을 빼는 게 나을 것이다. 난 언짢은 기분을 달콤한 샤넬 향으로 달랬다.

한창 화장품을 구경하고 있는데, 엄마에게 전화가 왔다. 시계를 보니 벌써 비행기 탑승 시간이 다 되었다. 난 서둘러 탑승구로 뛰어갔다.

비행기를 타는 건 생각만큼 낭만적이지 않았다. 처음 이륙할 때는 정말 신났는데, 비행기를 탄 지 열 시간이 지나니 죽을 맛이었다. 마이애미는 왜 이렇게 먼 걸까? 난 마이애미의 해변만을 상상했지, 비행기 안에서 보낼 시간은 미처 생각하지 못했다. 귀는 계속 멍멍하고, 허리는 아프고, 다리는 너무 뻐근했다. 비행기 좌석은 또 왜 그렇게 좁은지. 시내버스보다도 못했다.

그때 배에서 신호가 왔다. 변비약 효과가 꽤 오래간다. 또 화장실에 가고 싶었다. 완벽한 비키니 몸매를 위해, 출발하기 전날 변비약을 먹었다. 조금이라도 배가 나오면 곤란하다. 난 많이 먹었다 싶거나 살이 조금이라도 찐 것 같으면 변비약을 먹고 화장실로 달려간다. 살이 찌면 마음이 너무 불안하다.

"나 화장실 좀."

자고 있는 오예진을 깨웠다. 오예진이 나를 째려봤다.

"도대체 몇 번째야? 그러니까 내가 안쪽에 앉겠다고 했잖아."

자리 때문에 나한테 화난 오예진은 꿈쩍도 하지 않았다. 난 좁은 비행기 창으로 구름을 보기 위해 오예진을 밀치고 창가에 앉았다. 원래 오예진이 창가 좌석을 배정받았지만, 창가에 앉지 않으면 멀미가 날 것 같다고 말했더니 엄마가 오예진에게 얼른 자리를 바꿔 주라고 했고, 오예진은 투덜거리며 자리를 바꿔 주었다. 내 마음에 들지 않는 일이 벌어지면 난 꼭 몸이 먼저 반응한다. 어렸을 적부터 갖고 싶은 장난감을 갖지 못하거나 가고 싶은 곳을 못 가면, 꼭 배탈이 나거나 몸에 열이 잔뜩 올랐다. 오예진은 내 몸을 가리켜 아주 치사한 몸이라고 말했지만, 나는 내 몸이 아주 정직하다고 생각한다. 그래서 몸으로 모든 걸 표현해 내는 모델이 정말 되고 싶은 건지도 모른다.

"빨랑 비켜 줘. 급하단 말야."

오예진이 내 말을 못 들은 척하다가 결국 자리에서 몸을 비틀어서 나를 나갈 수 있게 해 주었다.

내가 앉아 있는 좌석에서 가장 가까운 화장실로 갔다. 먼저 화장실에 들어간 사람은 나올 낌새가 없었다. 문을 두 번씩이나 두드렸지만 반응이 없었다. 비행기 맨 뒤쪽 화장실로 가려고 걸어가는데, 통로에서 스튜어디스 언니를 만났다.

"저기, 앞으로 얼마나 더 가야 해요?"

스튜어디스 언니는 한 시간 정도만 더 가면 된다고 친절하게 대답해 주었다.

다행히 맨 뒤편 화장실은 비어 있었다. 난 얼른 문을 열고 들어갔다. 볼 일을 보고 난 후 일어서려는데, 갑자기 비행기가 흔들렸다. 쾅 하고 어깨가 화장실 벽에 부딪혔다. 그 바람에 다시 변기에 주저앉았다.

"손님 여러분, 기류가 불안정하여 비행기가 흔들립니다. 손님 여러분께서는 얼른 좌석으로 돌아가 안전벨트를 매시기 바랍니다."

방송을 듣고 조심조심 일어났다. 비행기가 심하게 흔들려 몸이 계속 이리저리 벽에 부딪혔다.

화장실에서 나오니, 사람들은 모두 자리에 앉아 있었다. 난 의자 모퉁이를 잡아 가며 간신히 내 자리까지 돌아왔다. 하지만 비행기는 계속해서 흔들렸다. 안전벨트를 맸지만, 두근대는 심장은 멈출 줄을 몰랐다.

"이거 왜 이런 거야?"

"몰라, 나도."

오예진도 긴장했는지 입술을 잘근잘근 씹고 있었다. 주변에서 사람들이 웅성거렸고, 안전벨트를 매라는 방송이 반복해서 나왔다.

"여기가 혹시 버뮤다 삼각지대 아닐까?"

"재수 없는 소리 하지 마!"

오예진이 버럭 소리를 질렀다. 평소에는 볼 수 없는 모습이었다.

난 양손을 꼭 잡고 기도하는 자세를 취했다. 제발 비행기가 그만 좀 흔들렸으면.

그때 좌우로 흔들리던 비행기가 갑자기 아래로 추락하는 것처럼 쑥 떨어졌다.

"아악!"

사람들의 비명이 흐릿하게 들려왔고 갑자기 정신이 혼미해졌다.

따갑다. 너무나 따갑다.

눈을 떠 보니, 햇볕이 온몸을 달구고 있었다.

여긴, 어디지?

정신을 차려 주변을 둘러보았다. 비행기 안이 아니었다. 왜 비행기 안이 아닐까? 비행기가 추락한 걸까?

엄마와 오예진은 어디로 간 거지? 다른 승객들은? 추락한 비행기는 어디 있지? 비행기가 추락했다고 보기에 여긴 너무 깨끗하다. 나 혼자 멀리 떨어져 나간 걸까? 하지만 이상하다. 비행기가 추락했는데 내가 어쩌면 이렇게 멀쩡할 수 있는 거지? 머리가 아프긴 하지만 옷도 깨끗하고 다친 곳 하나 없다.

나는 누워 있던 벤치에서 일어났다. 이상하게 벤치도, 눈앞의 놀이터도 낯설지가 않다. 이 갈색 벤치는 매일 밤마다 민준이와 같이 앉아 있던 곳과 아주 비슷하게 생겼고, 놀이터의 그네, 시소의 위치도 많이 보던 거다.

한참을 두리번거린 후에야 여기가 어딘지 알아냈다. 여긴 바로 내가 사는 아파트였다. 왜 내가 아파트에 와 있는 거지? 지금 난 마이애미에 가는 비행기를 타고 있어야 한다. 만약 비행기가 추락했다면 내가 있어야 할 곳은 우리 집 앞이 아닌 태평양 한가운데여야 한다. 비행기가 우리 집 상공에서 떨어졌을 리는 없다.

마침 벤치 앞을 지나가는 아줌마가 있었다. 벤치에서 일어나 아줌마를 붙잡았다. 시장에 다녀오는지, 양손에 장바구니를 들고 있었다.

"저기요. 여기가 자양동 장미 아파트 맞아요?"

아줌마는 고개를 끄덕였다. 비행기를 탄 일이 모두 꿈이었나 보다. 집 앞에 있는 걸 보면 아직 여행 출발 전이 확실하다.

나는 손목을 들어 시계를 봤다. 시계 유리판이 깨져 시간이 잘 보이지 않았다.

"저기, 지금 몇 시예요?"

"2시 40분이야."

비행기 출발 시간은 12시다. 그렇다면 이미 비행기는 출발했을 거다. 큰일이다.

난 내 앞을 지나쳐 가는 아줌마를 다시 붙잡아 물었다.

"그럼 오늘은 며칠이에요?"

"7월 1일인데."

아줌마는 몸을 잔뜩 움츠린 채, 나를 경계하는 눈빛으로 쳐다보며 대답했다. 7월 1일이라면, 한 달 전이다.

"8월 1일이 아니고요?"

"이 학생 정말 이상하네. 오늘은 7월 1일이 맞다니까!"

아줌마는 휴대폰을 꺼내, 액정에 나와 있는 날짜를 손가락으로 가리키며 보여 주었다. 내가 혼잣말로 아닌데, 하고 중얼거리자 아줌마는 "됐어. 나 교회 다니는 사람이야." 하고 소리치고는 장바구니를 들고 도망치듯 내 곁을 떠났다. 내가 이상한 종교라도 믿으라고 하는 줄 알았나 보다.

도통 어떻게 된 일인지 모르겠다. 내가 왜 지금 아파트 앞 벤치에 앉아 있는 걸까? 그리고 날짜는 어떻게 한 달 전인 거지? 비행기를 탔던 일뿐만 아니라, 여행을 준비하던 일마저 꿈이었을까? 그렇다면 큰일이다. 지금 나는 학교에 가 있어야 한다. 방학을 하려면 아직 이 주나 더 남았다.

벤치에서 일어서는데, 머리가 깨질 것처럼 아팠다. 누군가 망치로 내 머리를 계속 내려치는 것 같았다. 다시 벤치에 주저앉았다. 주머니를 뒤져 휴대폰을 찾았지만 주머니에는 아무것도 들어 있지 않았다. 두통이 조금 나아진 것 같아 다시 일어섰다. 학교고 뭐고 우선은 집에 들어가서 쉬고 싶었다.

아파트 현관 입구로 들어가 엘리베이터를 기다렸다. 요 며칠 청소를 제대로 하지 않았는지, 출입구와 바닥에 때가 끼어 있었다. 엘리베이터를 탄 후, 13층 버튼을 눌렀다.

잠시 후, 엘리베이터 문이 열렸다. 내려야 하지만 몸이 무거워 움직일 수 없었다. 나는 간신히 열림 버튼을 손가락으로 눌러 닫히는 엘리베이터 문을 열었다. 있는 힘을 다해 엘리베이터에서 내려 현관 앞에 섰다. 그러고는 현관문 비밀번호를 눌렀다. 그런데 "삐빅" 하고 오류를 알리는 소리가 들렸다. 다시 번호를 눌렀다. 또다시 오류 소리가 났다. 비밀번호는 내 생일인 '0322'다. 이사를 오면서 엄마는 내가 비밀번호를 잊어버릴 수 있다며 내 생일로 정했다.

엄마가 비밀번호를 바꿨나? 혹시나 해서 오예진의 생일인 '0506'을 눌렀다. 그러자 찰칵 하고 잠금이 해제되는 소리가 들렸다.

집에는 아무도 없었다. 오예진은 학교에 갔을 것이고, 엄마는 약국에 있겠지. 메리를 찾아보려고 했지만, 그럴 기운이 없었다. 아마 오예진의 방이나 엄마 방 어딘가에 있을 것이다.

방으로 들어와 침대에 누웠다. 그런데 지금 내가 입고 있는 티셔츠와 반바지는 여행 가기 이틀 전에 샀던 거다. 꿈속에서 산 옷을 어떻게 입고 있는 거지? 이상하다는 생각이 들었지만, 몸에 기운이 스르르 빠지면서 잠이 왔다.

누군가 내 침대로 슬그머니 기어 들어왔다. 팔에 무언가가 닿는 느낌이 났다. 오예진이 자기 방인 줄 착각하고 들어왔나 보다.

"저리 가."

오예진을 밀쳐냈는데 갑자기 오예진이 소리를 질렀다.

"도, 도둑이야!"

나도 깜짝 놀라 침대에서 몸을 일으켰다. 하지만 눈앞에서 있는 건 오예진이 아니었다. 방이 어두워 잘 보이지는 않지만, 오예진이라고 하기엔 키가 너무 컸다. 난 더럭 겁이 나 침대 맡에 있는 탁상시계를 들어 여자를 향해 던졌다. 둔탁한 소리가 나며 여자가 아야, 하고 소리를 질렀다. 난 여자를 밀치고 얼른 거실로 뛰어나왔다.

경찰에 신고하기 위해 전화기를 찾았다. 그런데 거실에 장식장이 없었다. 벽에 걸린 텔레비전도 보이지 않았고 장식장 위에 놓여 있던 무선 전화기도 사라져 버렸다. 대신 처음 보는 액자가 벽에 걸려 있었다. 엄마와 오예진, 그리고 내가 함께 찍은 대형 사진이다. 하지만 나는 이런 가족사진을 찍은 기억이 없다.

멍하니 사진을 보고 있는데, 여자가 방에서 뛰쳐나왔다. 여자는 이마를 손으로 어루만졌다. 처음 보는 여자다. 그런데 뭔가 이상하다. 여자의 얼굴과 사진을 번갈아 보았다. 사진 속의 '나'는 나보다 여자와 더 많이 비슷했다.

"당신 도대체 누구야? 왜 우리 집에 있는 거야?"

나는 너무 놀라 여자에게 소리를 질렀다. 하지만 여자는 대답을 하지 않고 가만히 나를 노려보았다. 얼른 몸을 움직여 전화기를 찾아야 하는데, 여자를 보자 온몸에 소름이 돋으면서 얼음처럼 몸이 딱딱하게 굳었다. 가위에 눌려 몸을 움직일 수 없을 때와 느낌이 아주 비슷했다. 그때 여자가 성큼성큼 내게 다가오더니 두 손으로 내 어깨를 움켜잡았다.

"너, 뭐야?"

"네?"

"너, 도대체 누구야?"

여자의 목소리가 가늘게 떨렸다. 여자와 정면으로 얼굴을 마주 보고 있으니 기분이 더 이상하다. 꼭 거울을 보고 있는 것 같았다.

"오, 오예슬이요."

"누구라고?"

"오예슬이라니까요!"

"말도 안 돼……."

여자가 내 어깨 위에서 손을 떼면서 고개를 저었다. 그러고는 소파에 주저앉더니, 더 이상 아무 말도 하지 않았다. 이 여자는 도대체 뭘까? 내 친언니인 오예진보다 나를 더 닮았다. 키도 나와 비슷할 만큼 컸고, 얼굴 생김새도 나와 자매라고 해도 될 만큼 닮았다. 다른 점은 조금 살찐 몸과 헤어스타일뿐이다. 나는 어깨를 뒤덮는 긴 생머리였고, 여자는 짧은 단발머리였다. 혹시 엄마가 숨겨 놓은 나의 친언니인가?

여자를 따라 소파에 앉았다. 분명 베이지색 가죽 소파였는데, 이건 패브릭 소파다. 또다시 머리가 아파 왔다.

나는 손으로 머리를 감쌌다.

"너, 진짜 누구니?"

여자를 쳐다봤다.

"도대체 너 누구냐고?"

여자가 화를 내며 또다시 소리쳤다.

"오예슬이라니까요."

"누구냐고 물었잖아!"

여자는 내 대답에는 아랑곳 없이 빽 하고 소리를 질렀다. 귀가 다 멍멍했다.

"오예슬이라고 몇 번 대답했잖아요. 귀가 잘 안 들려요? 귀에 문제 있어요?"

여자가 나를 노려보았다.

"그쪽은 누구세요?"

여자는 대답을 하지 않았다.

"내가 누구냐고 물었잖아요. 나는 대답했는데, 그쪽은 왜 대답 안 해 줘요?"

"나도…… 오예슬이야."

"네? 무슨 소리예요? 당신이 오예슬이라고요?"

여자가 한숨을 쉬며 고개를 끄덕였다.

"오예슬은 나예요."

"나도 오예슬이야."

여자는 계속 자기가 '나'라는 말도 안 되는 소리를 했다.

나는 여자를 쳐다보았다. 여자도 오른쪽 눈썹을 찡긋 올리며 나를 뚫어져라 쳐다보고 있었다. 어? 눈썹을 찡긋 올리는 건 내 버릇인데? 불현듯 주인집 도련님이 깎은 손톱을 주워 먹고 가짜 도련님으로 변한 쥐가 도련님 행세를 하는 전래동화가 생각났다.

난 여자의 뺨을 힘껏 내리쳤다.

"이놈의 쥐새끼가! 얼른 꺼져!"

하지만 여자는 쥐로 변하지 않았다. 여자는 어이없다는 듯 피식 웃으며 두 주먹을 쥐어 이마에 갖다 대었다.

"진짜 그쪽도 오예슬이에요?"

"그래."

"말도 안 돼!"

"나도 도대체 이게 어떻게 된 일인지 모르겠어."

여자가 한숨을 쉬었다.

"우리 엄마…… 엄마 불러와요. 오예진도요."

"여기 없어."

"왜 없어요?"

"엄마랑 언니는 미국에 있다고."

"미국이요?"

혹시 여기는 4차원의 세계가 아닐까? 엄마와 오예진은 미국에 갔지만, 나는 미국에 가지 못한 채 또 다른 내가 살고 있는 4차원 세계에 빠진 거다.

"마이애미에 있는 거예요?"

"무슨 소리야? 엄마는 LA 언니 집에 갔다고."

"네?"

여자가 무슨 소리를 하는지 알 수가 없다. 여긴 우리 집이 맞긴 한데 뭔가가 조금씩 달랐고, 여자도 나와 닮긴 했는데 나는 아니었다.

"저기, 오늘이 며칠이에요?"

"7월 1일."

"8월 1일이 아니고요?"

"오늘은 7월 1일이야."

"말도 안 돼. 오늘은 2010년 8월 1일이에요."

"2010년이라고? 그러면 네가 2010년에서 왔다는 거야?"

2010년에서 오다니? 이건 또 무슨 소리지?

"지금은 2020년이야."

"말도 안 돼!"

여자가 현관 쪽에 걸린 달력을 가리켰다. 달력에는 2020년이라고 적혀 있었다.

"난 오늘 마이애미에 가는 비행기를 탔을 뿐이에요."

"넌 막내 이모네 가는 길이었어. 그런데 비행기가 심하게 흔들렸지? 그래서 정신을 잃었고?"

"네!"

여자는 내가 겪은 일에 대해 아주 잘 알고 있었다.

"진짜 지금이 2020년이에요? 그쪽도 오예슬이고요?"

여자가 천천히 고개를 끄덕였다.

"가장 친한 친구가 누구죠?"

"주은지."

"여기 이사 오기 전에 살던 동네가 어디예요?"

"우리 집은 이 동네를 한 번도 벗어난 적이 없어."

여자는 내 질문에 술술 대답했다. 내가 너무 쉬운 질문만 한 것 같다. 나만이 알고 있는, 무덤까지 가지고 갈 비밀에 대해 물었다.

"그럼 첫 키스 상대는요?"

"그 사람 이름을 꼭 말해야 해?"

여자가 쉽게 대답을 하지 못하는 걸 보니, 조금 안심이 되었다. 2010년이라니, 말도 안 되지. 여자는 거짓말을 한 게 분명하다.

"이수창이잖아."

"예?"

어떻게 이런 일이? 여자는 나의 첫키스 상대를 알고 있었다. 이수창은 작년에 다녔던 수학 학원 선생님이었다. 은지도 모르게 잠깐 사귀었는데, 그 당시에는 사람들이 알면 큰일 날까 봐 말을 하지 못했고, 지금은 창피해서 말을 하지 않는다. 그때는 이수창 선생님이 그렇게 멋져 보일 수가 없어서 내가 먼저 사귀자고 했지만, 이제는 나이 든 아저씨일 뿐이었다. 결국 우린 열 살의 나이차를 극복하지 못하고 헤어졌다.

난 소파에 앉아 있는 여자의 등을 밀어 몸을 숙이게 한 후, 바지를 내렸다.

"뭐하는 거야?"

"말도 안 돼! 엉덩이 점까지 똑같잖아."

난 엉덩이에 손톱만 한, 하트 모양으로 생긴 특이한 점을 가지고 있다. 도대체 어떻데 된 거지? 차근차근 따져 보자. 여긴 우리 집이다. 하지만 인테리어가 변했다. 그리고 나와 너무 닮은 여자가 있는데, 그 여자도 오예슬이란다. 그렇다면 이건?

오늘은 진짜 7월 1일이 맞나 보다. 그것도 2020년 7월 1일. 꿈속에서 한 달을 앞선 게 아니었다. 한 달을 뺐지만 십 년이 앞선 것이다.

여자에게 무슨 말이라도 하고 싶었지만 여자의 표정을 보자 아무 말도 할 수 없었다. 반쯤은 정신이 나간 듯했고, 또 반쯤은 공포 영화를 볼 때 긴장한 것처럼 두려움에 가득 찬 얼굴이었다. 거울을 보지 않았지만 내 표정도 여자의 것과 별반 다르지 않을 것이다. 여자를 따라 한참 동안 소파에 앉아 있었다. 여자는 조금의 미동도 하지 않았다.

"엄마는…… 엄마는 언제 와요?"

엄마가 보고 싶었다. 엄마라면 이런 상황에 놓인 나에게 화를 내지 않고, 나를 다독여 줄 것이다.

"몰라. 아마 다음 달은 되야 올 거야."

여자의 목소리에 기운이 하나도 없었다.

"왜 간 건데요?"

"언니가 애를 낳거든. 산후조리 해 주려고 갔어."

"뭐라고요?"

갑자기 정신이 번쩍 들었다. 오예진이 애를 낳다니, 정말 충격적이었다.

"오예진이 결혼도 했어요?"

"그럼 결혼도 안 했는데 애를 낳을까 봐?"

꼭 그런 의도로 물은 건 아니었다. 연애 한번 제대로 해 보지 못한 오예진이 어떻게 결혼했을까? 남자를 잘 고르긴 한 걸까?

"보나마나 별 볼일 없는 남자라고 생각했지?"

"내가 언제요?"

딱 잡아뗐지만 여자는 쳇, 하며 나를 비웃었다.

"네 예상이 틀렸어. 언니는 아주아주 괜찮은 사람이랑 결혼했어. 얼굴도 미남이고, 직업도 의사고, 성격도 좋아."

"말도 안 돼! 어떻게 그런?"

거실에 걸려 있는 가족사진을 다시 한 번 봤다. 오예진의 얼굴이 조금 예뻐진 것 같고, 표정도 한껏 밝았다.

오예진은 대학 졸업 후 미국으로 유학을 갔고, 거기에서 지금의 남편을 만나 결혼했다고 한다.

하지만 내가 궁금한 건 오예진의 미래가 아니다. 바로 나의 미래다.

"그쪽은 지금 하는 일이 뭐예요? 모델?"

내 말을 들은 여자는 "모델?"이라고 말하며 한쪽 입꼬리만 올린 채 '쳇' 하고 웃었다. 정신을 차리고 여자를 자세히 살펴보니, 여자의 상태가 썩 좋지 않았다. 피부도 축 처졌고, 몸 군데군데 군살이 붙어 있었다.

내가 여자의 몸을 보고 기가 막혀 하고 있는데, 여자는 더 기가 막힌 이야기를 해 주었다.

"난 지금 공무원 시험 준비 중이야."

"고, 공무원요?"

말도 안 된다. 공무원이라니. 세상에서 내가 가장 싫어하는 일이 바로 공부하는 일이었는데, 시험을 준비하고 있다고?

"그래, 맞아. 공부하는 걸 제일 싫어했지. 그런데 어쩌다 보니까 그렇게 됐어."

더 이상 여자와 이야기를 하고 싶지 않았다. 여자에 대해 알면 알수록 실망만 커졌다. 지금, 내가 알고 싶은 건 딱 한 가지.

"그때도 미래로 갔었어요?"

나는 최대한 화를 가라앉히고 물었다.

"언제?"

"십 년 전에 비행기 탔을 때요."

"기억이 잘 안 나. 무슨 꿈을 꾼 것 같긴 했는데, 일어나 보니까 기억이 나지 않았어."

"잘 좀 기억해 봐요!"

"얼핏 이랬던 것 같기도 해."

"어땠는데요?"

"지금과 같은 상황. 몰라, 하도 오래전 일이고 잠에서 깨어나니까 기억이 하나도 나지 않았어."

"그럼 난 어떻게 하면 돌아갈 수 있죠?"

"나야 모르지."

내가 무책임하게 굴지 말라고 소리치니, 여자는 잠깐만 생각을 해 보겠다고 했다. 난 바짝 긴장하여 여자를 쳐다보았다.

"기억 안 난다. 진짜야."

거짓말인 것 같지는 않았다. 하지만 여자의 말을 들으니 머리가 다시 아팠다. 혹시 잠을 자고 일어나면 다시 비행기 안이 아닐까? 난 여자에게 좀 자야겠다고 말했다. 내 방으로 들어가려고 하는데, 여자가 나를 붙잡았다.

"거긴 내 방이야. 넌 저쪽 방에서 자."

여자는 오예진의 방을 가리켰다. 왜 내가 내 방을 쓰지 못하는 건지 짜증이 났지만, 어쩔 수 없다. 어쨌든 여기는 내가 아닌, 저 '오예슬'의 세계니까.

오예진 방 쪽으로 걸어가 문을 열고 들어갔다. 책으로 가득한 방. 여긴 십 년 전이나 지금이나 조금도 변한 것 같지 않았다. 침대 시트가 달라지긴 했지만, 베이지색의 특색 없는 것이 딱 오예진 취향이다.

침대에 누웠다. 어찌됐든 이건 꿈일 뿐이다. 못생긴 오예진이 결혼했을 리도 없고, 내가 고시 학원이나 왔다 갔다 하는 맥빠진 삶을 살고 있을 리도 없다. 난 잠깐 꿈을 꾸고 있는 것이다.

제발 눈을 뜨면 다시 비행기 안이기를!

두 손을 꼭 잡고 기도를 하며 잠을 청했다.

2. 27세 오예슬

잘못된 만남

 어김없이 또 하루가 시작되었다. 매일 똑같은 생활의 반복이다. 집—학원—독서실—그리고 집. 일 년 가까이 이어지고 있는 이 생활에 이제는 익숙해질 만도 한데, 아직도 낯설다. 가끔은 내가 다른 사람의 삶을 살고 있는 게 아닌가 싶다.
 욕실에서 세수하고 있는데, 바깥에서 비명 소리가 들렸다. 얼굴에 묻은 물을 닦지도 못하고 뛰쳐나가 보니 어제 그 여자애가 소리를 지르며 거실 안을 방방 뛰고 있었다.
 "난 몰라! 그대로야!"
 다시 화장실로 들어서려는데, 여자애가 나를 붙잡았다.
 "아직 2020년이에요?"
 "그래."

내 대답에 여자애가 바닥에 주저앉더니 엉엉 울기 시작했다.

"조용히 좀 해!"

내가 소리쳤지만, 여자애는 울음을 그치지 않았다. 할 수 없이 여자애를 그냥 놔두고 욕실로 다시 들어와 세수를 마저 했다.

"그만 좀 울어. 옆집에 다 들리겠어!"

욕실에서 나오며 여자애에게 말했다. 답답한 건 나도 마찬가지다. 왜 저 여자애가 내 앞에 나타난 건지 모르겠다.

"꿈일 줄 알았단 말이에요. 자고 일어나면 다시 돌아가 있을 줄 알았어요. 그런데 그대로잖아요."

나야말로 꿈이기를 바랐다. 하지만 아침에 일어나 보니, 여자애가 던진 시계에 맞아 생긴 이마의 상처가 그대로 남아 있었다.

"그러면 나는 이제 어떻게 해요?"

나는 아무 대답도 하지 않았다. 해줄 말이 없기 때문이다. 하지만 여자애는 내가 모든 걸 다 알고 있다고 생각하는지, 내 팔을 잡고 늘어졌다.

"돌아가는 방법이 있긴 있을 거야."

"뭔데요? 무슨 방법이 있는데요?"

"왜 영화에서 보면, 나쁜 짓을 한 주인공의 몸이 뒤바뀌거나 과거로 돌아가는 벌을 받잖아."

"그러면 내가 나쁜 짓이라도 했다는 거예요?"

여자애가 나를 노려보았다.

"나야 모르지."

"모르긴 왜 몰라요? 나, 나쁜 짓은 하지 않았다고요."

곰곰이 생각해 봤다. 십 년 전을 회상해 보니, 여자애의 말대로 크게 잘못한 일은 없었다.

"그러면 더 문제인걸? 네가 잘못을 반성해야 일이 해결될 텐데 말이야."

내 말에 여자애는 더 울상이 되었다. 갑자기 여자애가 정색하더니 나를 노려보았다.

"혹시 그쪽이 날 부른 거 아니에요? 영화에서 보면 그렇잖아요. 누군가를 간절히 보고 싶어 하면, 이상한 주술로 그 사람을 부르기도 하잖아요."

"나 참 어이가 없어서. 도대체 내가 왜 너를 보고 싶어 한다고 생각하니?"

진심이다. 십 년 전 내가 어땠는지 떠올린 기억조차 최근엔 가물가물하다. 아무래도 영화 이야기를 괜히 꺼냈나 보다. 이건 영화가 아니라, 현실이다. 판타지가 아닌 리얼.

그렇기에 언제까지 이 여자애와 노닥거릴 시간이 없다. 학원 수업에 늦으면 안 된다.

난 아침 식사를 준비하기 위해 주방으로 들어갔다.

냉장고에서 양념에 재 놓은 소불고기를 꺼냈다. 며칠 전 마트에 갔다가 할인하기에 사 왔다. 고기를 볶고 있는데, 여자애가 어느새 주방에 들어와 식탁 의자에 앉았다.

"짜증 나, 정말. 지금 밥이 먹고 싶어요?"

"뭐?"

"지금 이 상황이 걱정도 안 돼요? 왜 다른 사람 일인 것처럼 행동해요?"

"내 일이 아니잖아. 과거로부터 온 건 너지, 내가 아니야."

"왕, 왕 짜증 나!"

여자애는 소리를 질러 대며 혼자 씩씩댔다. 하지만 점점 소리가 작아졌다. 지금 화를 내 봤자 자기에게 좋을 게 하나도 없다는 걸 깨달은 듯했다.

"양상추 없어요?"

여자애는 냉장고 문을 열고 이것저것 뒤졌다.

"없어."

"그럼 포도는요?"

"없어. 수박 있으니까 그거 먹어."

"나 수박 안 먹는 거 몰라요?"

그랬던가? 고등학교를 졸업할 때까지 수박을 좋아하지 않았다. 하지만 몇 년 전부터, 여름에는 수박만 한 과일이 없다는 걸 깨닫고 수박을 먹기 시작했다.

  다 익은 고기를 접시에 덜고, 밑반찬을 꺼냈다. 전기밥솥에서 밥을 푸려고 하는데, 여자애가 팔짱을 끼고 오른쪽 눈썹을 찡긋거리고 있었다.

"밥 먹을 거지?"

"됐어요. 혼자 드세요."

  난 밥을 한 공기만 담아 식탁에 가서 앉았다.

"이마, 괜찮겠죠?"

  여자애가 그래도 양심은 있나 보다. 내 이마를 걱정스러운 눈으로 쳐다보고 있었다.

"병원 가는 게 좋지 않겠어요?"

"됐어, 그 정도는 아니야."

"내 이마 어쩜 좋아. 흉터 생기면 큰일인데."

"네 이마?"

  여자애는 내 이마가 아니라, 미래의 자기 이마를 걱정하는 거였다.

  밥을 한 숟가락 떠 먹으려는데, 여자애가 못 볼 거라도 본 것처럼 잔뜩 인상을 쓰며 내 입을 쳐다보았다.

"설마, 그 밥을 다 먹는 거예요?"

  여자애는 내 앞에 놓인 밥그릇을 가리켰다.

"응."

개의치 않고 밥을 입에 넣었다. 밥을 해 놓은 지 하루가 지났지만 아직은 먹을 만했다.

"매끼마다 그렇게 먹어요?"

"그래. 왜?"

"어쩜 그렇게 많이 먹을 수가 있어요?"

난 밥그릇을 내려다보았다. 겨우 반공기로, 절대 많지 않은 양이었다. 하지만 여자애는 밥의 양이 많다며 계속 투덜댔다.

"그러니까 그렇게 살이 쪘죠! 먹지 마요! 그리고 아침부터 웬 고기?"

여자애가 내 밥그릇을 빼앗았다.

"얘가 왜 이래?"

"거울도 안 봐요? 어휴, 살찐 것 좀 봐!"

여자애는 더러운 쓰레기를 보듯, 내 몸 이곳저곳을 눈으로 훑었다. 심히 불쾌했다.

"내가 살이 찌든 말든 네가 무슨 상관이야?"

난 다시 여자애한테서 밥그릇을 빼앗았다.

"이씨, 내 몸이기도 하잖아요!"

"뭐?"

"내 미래의 몸이잖아요. 왜 그렇게 살찌게 놔뒀어요?"

여자애가 화를 내며, 다시 밥그릇을 빼앗아 자기 앞으로 가져갔다. 그러더니 나를 보고 계속 씩씩거렸다.

실랑이를 하는 사이, 밥과 고기가 식어 버렸다. 분명 저 여자애는 내가 밥을 다 먹도록 놔두지 않을 것이다.

"그럼 반만 먹을게. 됐지?"

여자애는 내 말이 끝나기도 전에, 내 밥그릇을 들고 전기밥솥이 놓여 있는 싱크대로 갔다. 그리고 주걱으로 밥을 덜어내더니, 내 앞에 밥그릇을 내려놓았다.

세 숟갈도 채 되지 않는 양이 남아 있었다. 뭐라고 한마디 할까 하다가 더 이상 여자애와 상대하고 싶지 않아 참았다.

"그럼 이젠 먹어도 되지?"

"좋으실 대로."

밥을 한 숟갈 떠서 입에 넣었다. 이미 밥이 식어 버려, 맛이 있는지 없는지 도통 알 수가 없었다. 게다가 여자애가 살기에 가득 찬 눈빛으로 나를 쳐다보고 있어 소화까지 안 되었다.

"계속 그렇게 노려볼 거야?"

여자애는 일부러 들으라는 듯 크게 "흥!" 소리를 내고는 거실로 나갔다.

식사를 마치고 설거지를 하고 있는데, 거실에서 여자애가 소리치는 게 들렸다.

"우아, 이거 액자 아니었어요? 무슨 텔레비전이 이래요?"

"요즘 텔레비전은 다 그래."

거실 쪽을 얼핏 보니, 여자애는 텔레비전이 신기한지 계속 만지고 있었다. 나도 처음에 두께가 1센티미터도 되지 않는 액자형 텔레비전을 봤을 때 신기하긴 했다. 텔레비전을 끄면, 텔레비전이 액자의 역할을 한다.

여자애는 소파와 냉장고에 대해서도 물었다. 십 년 사이에 바뀐 것이 텔레비전과 소파, 냉장고가 전부인가 보다. 소파는 삼 년 전에, 냉장고는 오 년 전에 바꾸었다. 소파는 큰 이모가 선물로 사 주었고, 텔레비전과 냉장고는 고장이 나서 어쩔 수 없이 바꾸었다.

"참, 근데 메리는 어디 갔어요? 엄마가 미국 데리고 갔어요?"

텔레비전 소리와 함께 여자애의 카랑카랑한 목소리가 들렸다.

"죽었어."

"네?"

여자애가 쏜살같이 주방으로 달려왔다.

"무슨 소리예요? 죽다니요?"

여자애의 눈에 눈물이 그렁그렁했다.

"벌써 이 년 전 일이야."

나는 애써 태연한 척하며 말했다. 메리 이야기를 아무렇지도 않은 척 누군가에게 하는 건 아직까지 어렵다. 메리는 우리 집 막내딸이나 다름없었다. 초등학교 3학년 때, 언니와 함께 엄마를 조르고 또 졸라 애완견센터에서 메리를 데려올 수 있었다. 요크셔테리어였던 메리는 애교도 많고, 아주 똑똑했다. 강아지를 좋아하지 않던 엄마도 메리라면 깜빡 죽었다. 그런데 어느 날부터 메리는 시름시름 앓았다. 병원에 가 보니, 나이가 들어 어쩔 수 없다고 했다. 강아지가 십오 년을 살았다는 건, 사람으로 치면 팔십 년도 더 산 것이라고 했다. 그렇게 메리는 앓다가 세상을 떠났다.

"우리 메리…… 어떻게 해…….'

결국 여자애가 울기 시작했다. 여자애는 아침에도 한바탕 울었는데, 아직도 더 흘릴 눈물이 남았나 보다. 주룩주룩 눈물이 잘도 흘렀다. 난 여자애의 얼굴을 쳐다보지 않았다. 나도 같이 울고 싶진 않다. 운다고 해결되는 건 아무것도 없다.

식탁에 앉아 한참을 울던 여자애가 울음을 멈췄다.

"저기."

여자애가 휴지로 얼굴을 꼼꼼히 닦으면서 나에게 말을 걸었다.

"엄마는 확실히 잘 있는 거 맞죠? 오예진도요? 혹시 둘이 잘못됐는데, 내가 슬퍼할까 봐 거짓말하는 거 아니죠?"

"둘 다 잘 있으니까 걱정 마."

"하긴 그쪽이 나를 걱정했다면 공무원 시험 준비라는 말도 안 되는 걸 하고 있다는 소린 안 했겠죠."

여자애가 입을 비쭉거리며 말했다.

"그런데 이상해요. 엄마가 약국을 그렇게 오랫동안 비우고 갔을 리 없잖아요."

나는 약국이 있던 건물이 리모델링을 하게 되어 약국 문을 당분간 닫아야 한다고 설명해 주었다. 그랬더니 여자애의 얼굴빛이 조금 밝아졌다. 만약 건물 리모델링을 하지 않았더라도 엄마는 언니에게 갔을 것이다. 나와 언니뿐만 아니라, 엄마도 십 년 전과 많이 달라졌다. 옛날처럼 악착같이 일하지 않는다.

"그럼 은지는요? 은지도 잘 있죠?"

"걘 아주 잘 살고 있으니까 걱정하지 마."

안 그래도 오늘 저녁에 은지를 만나기로 했다. 화장품 회사에 다니는 은지는 샘플이 나올 때마다 나를 불러 한가득 안겨 주었다.

"민준이는요?"

"응?"

"내 남자 친구 말이에요. 누군지 기억 안 나요?"

"글쎄."

그의 이름을 다시 듣자, 가슴이 꽉 막혔다. 손에서 컵이 미끄러졌지만, 다행히 물이 가득찬 개수대 위에 떨어졌다.

"민준이는 잘 있어요?"

"몰라."

"왜 몰라요? 설마 민준이랑 헤어졌어요?"

내가 대답을 하지 않고 있자, 여자애가 대답을 재촉했다.

"헤어진 게 언젠데. 하도 오래전이라 기억이 잘 안 나."

"그래요?"

여자애는 개의치 않는지 별다른 질문을 하지 않았다.

"그럼 하던 일 마저 하세요."

여자애는 정수기에서 물을 한 잔 따르더니, 그 컵을 들고 주방에서 나갔다.

"같이 좀 가요! 왜 그렇게 빨리 걸어요?"

여자애는 혼자 집에 있으면 심심하다며, 학원에 가는 나를 따라나섰다. 내가 수업을 듣는 세 시간 동안 무얼 할 거냐고 물었지만, 여자애는 자기가 알아서 하겠다며 신경 쓰지 말라고 했다.

"학원이 어디예요?"

"노량진."

"거긴 수산 시장 아니에요?"

"노량진에 학원들이 다 몰려 있어."

곧 버스가 도착했고, 나와 여자애는 버스에 올라탔다. 마침 자리가 보여 앉으려고 하는데, 기사 아저씨가 소리치는 게 들렸다.

"손님, 요금 내셔야죠!"

나는 여자애 대신 요금 인식기 앞을 다시 지나갔다. 요금이 처리되었다는 걸 알리는 "삐" 소리가 났다.

"우아, 뭐예요? 버스카드 안 찍어도 돼요?"

난 여자애에게 요즘은 카드를 단말기에 직접 찍지 않고, 카드를 지닌 채 문 앞에 설치된 인식기를 지나가기만 해도 된다고 알려 주었다.

나와 여자애는 버스 뒷좌석에 나란히 앉았다.

"정말 공무원이 될 생각이에요?"

"응."

"왜요?"

"그것만큼 좋은 직업이 없으니까."

"말도 안 돼. 그건 반에서 가장 평범한 애들이 되고 싶어 하는 거잖아요."

아무 대꾸도 하지 않았다.

"그럼 모델은요? 내 꿈은 모델이었단 말이에요."

"몰라."

"왜 몰라요? 모델이 되고 싶지 않아요?"

"되고 싶지 않아."

"왜요?"

여자애는 쉬지 않고 질문을 해댔다. 내가 원래 이렇게 말이 많았었나 싶다.

"조용히 좀 해. 사람들이 다 우리만 쳐다보잖아."

"알았어요."

내가 째려보자, 여자애가 입을 다물었다. 이제야 조금 살 것 같다. 난 버스 의자에 머리를 기댄 후, 눈을 감았다.

사십 분쯤 버스를 타고 가자 학원가가 나타났다.

"우아."

여자애는 여기저기 서 있는 학원 건물을 보고 놀라워했다. 나도 노량진에 처음 왔을 때 그랬다. 노량진에는 수산시장이 있는 줄로만 알았지, 이렇게 학원들이 많은 줄 몰랐다. 은지가 대학에 떨어져 재수를 했을 때, 은지를 만나러 노량진에 처음 왔다. 그때는 내가 노량진 생활을 할 줄 몰랐다.

"학원은 얼마나 다녔어요?"

"일 년 좀 안 됐어."

"그럼 일 년이나 공부를 한 거예요?"

"응."

"근데 아직도 못 붙었어요? 하긴 내가 공부하는 걸 좀 싫어해야지."

내가 뭐라고 대꾸할 틈도 없이, 여자애는 혼자 묻고 혼자 대답했다. 난 신경 쓰지 않고 학원 건물로 들어갔다.

"난 3시까지 수업을 들어야 해. 넌 저기 빈 강의실에서 기다려."

"알았어요."

"그때 와 보고 네가 없으면 나 혼자 집에 갈 거야. 그러니까 다른 데 가지 말고 얌전히 기다리고 있어."

"알았다니까요!"

난 여자애를 뒤로 하고 강의실로 들어왔다. 강의 시작까지 이십 분이나 더 남았지만, 수강생들로 자리는 이미 꽉 찼다. 이백 명을 수강할 수 있는 이 강의실은 늘 만원이다. 인터넷을 통해 실시간으로 강의를 들을 수 있지만, 많은 사람들이 직접 와서 강의 듣기를 원한다. 나도 이곳의 답답한 분위기가 싫어 몇 번 집에서 강의를 들어 봤지만, 이상하게 집중이 되지 않았다.

"여기요!"

맨 앞자리에 앉은 진선이 내게 손을 흔들었다. 난 진선이 맡아 놓은 자리에 가서 앉았다. 이번 주는 진선이 먼저 와서 자리를 맡는다. 우리는 일주일씩 번갈아 가며, 서로의 자리를 맡아 준다.

진선은 학원에서 만난 동갑내기 여자로, 사 년째 공무원 시험을 준비 중이다. 대학을 졸업하자마자 대구에서 올라와 공무원 시험을 준비했다고 한다. 진선이 지내고 있는 고시원에 놀러 간 적이 있는데, 생각보다 방이 훨씬 더 작았다. 책상 하나와 작은 침대만으로 방이 꽉 찼다.

"요즘 좀 어때요?"

"그냥 그래요."

"난 공부가 잘 안 돼 미치겠어요. 이번에 또 떨어지면 어쩌나 싶어요."

진선이 울상을 지으며 말했다.

한 달 전에 본 시험의 합격자 발표가 다음 주로 다가왔다. 난 아무래도 이번에도 힘들 것 같은데, 진선은 점수가 꽤 나온 것 같았다. 하지만 진선은 떨어질까 봐 걱정이 가득했다.

"잘 봤잖아요. 이번에 꼭 붙을 거예요."

"그래야 하는데 말이에요."

진선이 한숨을 푹 내쉬었다. 나도 답답하지만, 진선도 오죽 답답할까 싶었다. 나처럼 아예 점수가 커트라인에 얼씬하기도 힘들다면 모를까 진선은 늘 1, 2점 차이로 시험에 떨어졌다. 합격자 발표 때가 되면, 진선은 공부가 제대로 되지 않는다고 했다. 발표 전에는 혹시나 붙었을까 하는 마음에 떨려서 공부를 못하고, 발표가 난 후에는 너무 억울해서 공부가 되지 않는단다.

칠판에 적힌 글씨를 보려고 하는데, 갑자기 눈앞이 뿌옇게 변했다. 얼마 전부터 가끔씩 앞이 잘 보이지 않았다. 가방에서 인공눈물을 꺼내 눈에 넣었다. 약국에 갔더니, 눈이 건조해서 그럴 수 있다며 자주 인공눈물을 넣으라고 했다. 하지만 별로 효과가 없는 것 같다.

"참, 그 결벽증 여자 완전히 미쳤대요."

필통에서 볼펜을 꺼내고 있는데, 진선이 내 팔을 툭 치며 말했다.

"정말이요?"

"네. 요즘 거의 못 봤죠?"

"네."

"학원에서 아예 등록을 안 시켜 준다고 하더라고요."

결벽증 여자는 학원에서 유명하다. 나보다 나이가 두서너 살 정도 더 많아 보이는데 소문에 따르면 노량진 생활만 팔 년째라고 했다. 여자는 책상에 앉으면, 삽십 분 넘게 책상을 휴지로 닦는다. 먼지가 있는 것 같지도 않은데 늘 휴지가 다 닳도록 닦았다. 또한 여자는 사람들과 몸이 부딪치는 것도 극도로 싫어했다. 누군가 실수로 자기 몸을 건드리고 지나가면, 여자는 경기를 일으키거나 소리를 버럭 질렀다. 한번은 여자를 화장실에서 본 적이 있는데, 손만 오 분을 넘게 닦았다.

학원을 다니다 보면, 사람들 대부분의 얼굴을 익히게 된다. 하지만 절대 알은척은 하지 않는다. 대신 진선과 나는 사람들의 별명을 지어 우리끼리 부른다. 파란 추리닝을 매일 입고 나타나는 남자는 '추리닝 남', 볼 때마다 핫도그를 먹고 있는 여자는 '핫도그 킬러', 코알라를 닮은 여자는 '알라걸'. 아마 나도 누군가에게 별명으로 불릴 것이다.

강사가 들어왔고, 곧바로 수업이 시작되었다. 행정법은 내가 가장 취약한 과목이다. 다른 사람들은 가장 점수 받기 쉬운 과목이라고 하지만, 난 행정법은 늘 반타작이다.

강사가 한창 열을 내어 강의를 하고 있는데, 갑자기 여자애가 떠올랐다. 여자애는 빈 강의실에서 무얼 하고 있을까? 보나마나 책상에 엎드려서 자고 있을 게다. 책을 줘 봤자 읽을 리가 없어 주지 않았다. 아무것도 하지 않고 세 시간을 기다리려면 많이 지루할 거다. 하지만 나랑은 상관없는 일이다. 여자애는 정말 과거에서 온 게 맞을까? 아무리 생각해 봐도 말이 안 되지만, 그러기엔 여자애는 십 년 전의 나와 너무 많이 닮았다.

수업이 끝나고 강의실 앞에서 진선과 헤어졌다. 진선은 독서실에 가겠다고 했다. 난 이번 달에는 독서실에 다니지 않기로 했다. 독서실은 너무 답답했다. 게다가 엄마도 집에 없으니 집에서 공부할 생각이었다. 하지만 여자애 때문에 공부를 제대로 할 수 있을까?

빈 강의실에 들어가 보니, 아니나 다를까 여자애는 책상에 엎드려 자고 있었다. 나는 여자애 어깨를 흔들었다.

"벌써 끝났어요?"

여자애가 눈을 비비며 물었다. 어디서나 잠을 잘 자고, 한 번 자면 푹 자는 걸 보면 내가 맞는 것 같긴 하다.

"침 좀 닦아."

여자애는 가방에서 거울을 꺼내 얼굴을 이리저리 살펴봤다. 거울은 또 언제 챙겨 온 건지 모르겠다. 여자애는 언제 잠을 잤느냐는 듯, 금방 말끔한 얼굴이 되었다.

학원에서 나와 집에 가기 위해 정류장으로 갔다. 갑자기 길을 걷던 여자애가 내 팔을 잡아 당겼다.

"여기까지 왔는데 그냥 갈 거예요?"

"그냥 안 가면 어쩔 건데?"

"회 좀 먹고 가면 안 돼요?"

여자애는 나를 향해 눈웃음을 치며 웃었다. 저렇게 웃으면 모든 사람이 다 넘어올 거라고 생각할 테지만 몇 년이 지나면 그게 착각이라는 걸 알게 될 거다.

"회?"

나는 심드렁하게 물었다.

"여기 수산시장이잖아요."

내가 반응을 보이지 않자, 여자애가 눈썹을 찡그리며 말했다. 내가 그냥 갈까 봐 애가 타나 보다. 하긴 내가 제일 좋아하는 음식 중에 하나가 회였다. 아이들은 대부분 회를 먹지 못하는데, 이상하게 나는 아주 어렸을 적부터 회를 좋아했다. 씹을 때마다 쫄깃쫄깃한 질감이 좋았고, 조금 커서는 회는 먹어도 살이 찌지 않는다는 말에 더 좋아했다.

"여름에 무슨 회야?"

"먹고 가요. 네?"

여자애는 눈에 힘을 주며 간청했다. 만약 여자애를 무시하고 그냥 버스를 타 버린다면 어떻게 될까? 집에 가는 내내, 집에 가서도, 내일이 되어도 그깟 회 하나 사 주지 않았다고 계속 이야기할 것이다. 나는 누구보다 저 여자애를 잘 안다.

"알았어. 먹고 가자."

수산시장 쪽으로 발걸음을 옮겼다. 여자애는 어느새 내 팔짱을 꼈다. 여름이라 안 그래도 날씨가 더운데 팔짱이라니. 나는 여자애의 팔을 빼냈다. 하지만 여자애는 아랑곳하지 않고 다시 내 팔짱을 꼈다.

여름인 데다 아직 저녁 전이라서 그런지 수산시장에는 손님이 많지 않았다. 우리가 지나갈 때마다 상인들이 붙잡았다. 여자애는 이 광경이 신기하기만 한지, 길을 걷는 내내 즐거워했다.

"저 회를 사면 어디서 먹어요? 집에 가져가야 하는 거예요?"

"아니. 저 상인들한테 회를 사면 식당을 소개해 줘. 식당에 가서 먹으면 돼."

노량진에 처음 공부를 하러 왔을 때, 진선과 함께 수산시장에 왔다. 그때 나도 어떻게 먹어야 하는 건지 어리둥절했는데, 몇 번 와 봤다던 진선이 알려 주었다.

수산시장 중간쯤 걸어왔을 때, 예쁜 자매들한테는 특별히 싸게 잘 해주겠다며 인심 좋게 생긴 아저씨가 우리를 붙잡았다. 다른 사람들 눈에는 우리가 자매로 보이나 보다. 하긴 그렇지 않고서야 너무나 닮은 우리 둘을 설명할 수 없을 것이다. 결국 나는 그 집으로 결정했다. 사실 이곳의 횟집은 다 거기서 거기다. 구경하는 셈치고 걸었던 것뿐이다.

광어 한 마리를 회쳐 달라고 주문했다. 아저씨는 맞은편 2층에 있는 '다도해'라는 식당에 가 있으라고 했다.

나는 계산을 한 후, 여자애를 데리고 식당으로 갔다. 이로써 일주일 용돈이 금세 구멍이 나 버렸다. 이따 은지를 만나면 빌붙어야 할 상황이다.

여자애는 내 마음을 아는지 모르는지, 회를 먹을 생각에 희희낙락이다. 아침부터 종일 굶었으니 배고프긴 할 거다.

텅 비어 있을 줄 알았던 식당 안에는 제법 손님이 있었다. 우리는 오른쪽 구석에 자리를 잡고 앉았다. 중간에 앉으면 사람들이 왔다 갔다 하기에 불편하다.

"여기 자주 와요?"

"아니. 딱 한 번 와 봤어."

"왜요? 회 좋아하잖아요."

"이젠 안 좋아해."

"에에? 정말요?"

여자애는 왜 회를 좋아하지 않게 되었느냐고 물었다. 어쩌다 보니 그렇게 됐다고 대답했지만, 여자애는 귀찮게 계속 물었다.

잠시 후, 주문한 회가 나왔고 여자애의 눈이 동그래졌다.

여자애는 젓가락으로 한 점 집어 먹더니, 맛있다고 난리다.

"와아, 맛있다. 즉석에서 잡은 걸 먹으니 더 맛있는 것 같아요."

여자애는 회를 날름날름 집어 먹었다. 나도 한 젓가락 먹어 볼까 하다가 그만두었다. 작년 노량진에 처음 왔을 때, 모든 게 낯설었다. 잘릴 걱정 없고, 매달 꼬박꼬박 월급이 나오는 공무원처럼 편하고 좋은 직업이 없어 보였다. 열심히 공부하면 공무원 시험에 붙겠지, 하는 마음으로 시작했는데, 여기에 와 보니 그렇지 않았다. 수백 명, 수천 명 아니 수만 명이 넘는 사람들이 나와 같은 공부를 하고 있었다. 모두가 나의 경쟁자였다.

어느 날 화장실에서 혼자 울고 있는데, 옆 칸에 있던 누군가가 내게 말을 걸었다. 힘들어도 어쩔 수 없지 않느냐고, 이 전쟁을 끝낼 수 있는 방법은 합격하여 여기를 나가는 방법뿐이라고 이야기해 주었다. 나는 그 이야기를 들으며 더 울었다. 도저히 전쟁에서 승리할 자신이 없었기 때문이다. 옆 칸의 누군가는 자기도 처음에는 매일 울었다고, 하지만 이제는 더 이상 울지 않는다는 이야기를 덧붙여 해주었다. 자기는 울 시간이 있으면, 그 시간에 정신 차려서 공부를 한다면서 말이다. 그 옆 칸의 누군가가 바로 진선이었다. 그날, 진선과 함께 술을 마시러 이곳에 왔다. 소주를 진탕 마시고, 회를 먹고, 다음 날 학원에 가지 못했다. 식중독이었다. 그 이후로 나는 회를 먹지 않는다.

"정말 공무원이 될 생각이에요?"

"다 먹었으면 일어나."

나는 자리에서 얼른 일어섰다. 하지만 여자애는 똑같은 질문을 반복하며 자리에 그대로 앉아 있었다. 내가 가게를 나가려고 하자, 그제야 여자애가 서둘러 일어섰다. 소화가 되지 않았을 테지만, 뭐 그건 내 사정이 아니다.

"화났어요?"

나는 아무 대답도 하지 않았다.

"그러기에 내가 먹으라고 했잖아요. 자기가 안 먹어 놓고

서는. 내가 회 다 먹어서 화났죠?"

대꾸할 가치가 없는 질문이었다.

"누가 딴 생각하고 앉아 있으랬나? 그쪽이 안 먹어서 내가 억지로 다 먹은 거라고요."

걸음을 멈추고 여자애 얼굴을 빤히 쳐다보았다. 여자애는 거짓말을 하고 있다. 자신이 잘못했다는 걸 느끼면, 늘 남에게 대신 핑계를 씌운다. 미안하다는 말은 한마디도 할 줄 모른다.

"됐으니까 조용히 하고 집에 가자."

하지만 여자애는 나를 무시하는 건지, 나에게 미안한 건지, 계속해서 자기가 회를 다 먹은 건 내 탓이라고 종알거렸다.

여자애를 집에 데려다 놓은 후, 은지와 만나기 위해 곧바로 집에서 나왔다. 여자애는 어디를 가냐고 물었다. 난 여자애가 따라나선다고 할까 봐 은지가 아닌 여자애가 모르는 대학 친구를 만난다고 거짓말을 했다.

7시에 은지의 회사 근처 지하철 역에서 만나기로 했다. 하지만 은지는 십 분이 지났는데도 나오지 않았다. 은지는 약속 시간에 십 분 늦는 건 기본이요, 삼십 분 늦는 건 애교로 생각한다. 그래서 보통 나도 이십 분 정도 늦게 나오는데, 오늘은 집에 있기 싫어서 제 시각에 맞춰 나왔다.

휴대폰으로 은지의 위치를 체크했다. 친구 등록을 해 놓으면 친구의 위치뿐만 아니라 나와의 거리까지 알 수 있다. 은지의 위치는 아직 회사다.

약속한 시간이 이십 분쯤 지났을 때, 휴대폰이 삑삑 울렸다. 액정을 보니, 은지와 나와의 거리가 5미터 남았다고 뜬다. 5미터, 4미터, 3미터……

"오예슬!"

저 멀리에서 은지가 나를 향해 손을 흔들고 다가오는 게 보였다. 정확히 말하자면, 보이는 것보다 들렸다.

얼른 은지에게 다가갔다. 난 은지가 약속 시간에 늦는 것보다 큰 소리로 내 이름을 부르는 게 더 싫다.

"내 이름 좀 크게 부르지 마."

"왜? 내 친구 이름 내가 부르는 데 뭐 어때?"

말해야 내 입만 아프다. 은지가 약속 시간에 늦는 버릇을 고치지 않는 한, 멀리서부터 내 이름을 부르는 걸 고칠 수 없을 것이다. 은지는 자기가 늦은 시간을 조금이라도 줄이기 위해, 저 멀리서부터 내 이름을 부르는 것이기 때문이다.

"많이 기다렸지? 대신 내가 치킨에 맥주 쏜다!"

은지의 말에 기분이 조금 나아졌다. 아까 쓴 회 값을 이것으로 만회할 수 있을 것 같다.

우리는 근처 치킨 집으로 들어갔다. 주문을 받으러 온 아르바이트생에게 은지는 생맥주와 치킨 주문의 진리인 양념 반, 후라이드 반을 외쳤다.

"야, 근데 너 얼굴이 왜 그래? 뭐 안 좋은 일 있어?"

"그래?"

가방에서 거울을 꺼냈다. 난 봐도 잘 모르겠는데, 은지는 내 얼굴에 근심이 똬리를 틀고 앉아 있다고 했다.

"시험 때문에 스트레스 받아서 그래? 시험 또 언제야?"

"10월에 있어."

"시험이 아주 사람을 잡는구나. 너 얼굴이 말이 아냐."

은지는 서비스로 나온 팝콘을 연신 집어 먹으며 말했다.

"그래?"

내 얼굴이 좋지 않은 이유는 시험이 아니라, 참견하기 좋아하는 여자애 때문이다. 그 여자애가 나타난 이후로 계속 머리가 아팠다. 여자애는 오늘 하루 종일 나를 따라다니면서 귀찮게 했다.

"은지야. 혹시 너, 이 세계가 꼭 꿈같다고 느껴 본 적 없어?"

"뭔 소리야?"

"그냥. 지금 내가 살고 있는 게 혹시 꿈이 아닐까 싶어."

십 년 전의 '나'와 만났다는 게 도저히 믿기지가 않는다. 여자애와 같이 있으면 현실이 분명하지만, 여자애와 이렇게 떨어져 있을 때에는 어쩌면 내가 꿈을 꿨거나 환상을 현실로 착각한 게 아닐까 싶다. 하지만 이따가 집에 가면 여자애는 나에게 잔소리를 한 바가지 쏟아부을 거다.

"너 많이 힘들구나. 차라리 지금이 꿈이었으면 좋을 정도로……."

은지가 안타깝다는 눈으로 나를 쳐다보았다.

"힘들더라도 조금만 참고 열심히 해. 좋은 결과 있을 거야."

은지가 어울리지 않게 진지한 목소리로 말했다. 그러더니 팝콘 기름이 묻은 손을 티슈로 닦지도 않은 채 내 손을 꽉 잡았다. 손등에 기름이 다 묻었다.

"친구야, 힘내. 알았지?"

난 알았다고 대답했지만, 조금 불편했다. 모든 사람들이 내게 한목소리로 하는 말이다. 열심히 하면 언젠가 좋은 결과가 있을 거라는 말. 그때도 사람들은 내게 그렇게 말했다.

패션쇼 메인 모델로 서는 횟수가 점점 줄어들었고, 내가 맡았던 잡지 지면 광고는 다른 동료 모델들에게 넘어갔다. 계속 뒤로 밀리기만 했고 더 이상 갈 곳이 없었다. 내가 서 있던 곳이 바로 절벽 끝이었다. 사람들은 그것도 모른 채 내게 언젠가 잘될 날이 올 거라는 말을 지겹게 했다.

언젠가가 도대체 언제쯤인지는 아무도 모른다. 나도 그렇고, 다른 사람들도 그렇고 모두들 언젠가라고만 알고 있다. 하지만 사실은 '언젠가'는 오지 않는 것을 이야기하는지도 모른다.

주문한 치킨이 나오자, 은지는 내 앞접시에 양념치킨 다리를 놓아 주었다. 난 포크로 찍은 양념치킨을 한입 베어 물었다.

"너 옛날에는 이런 거 살찐다고 입에도 안 댔잖아."

은지가 무를 집어 먹으며 말했다.

"고등학교 때 너 완전 재수 없었어. 급식도 살찐다고 안 먹고, 혼자 양상추 샐러드 싸 가지고 다니면서 먹었잖아. 기억나지? 엄청 유별났어."

"그랬나?"

돌이켜보니, 난 은지 말대로 어렸을 적부터 튀김이나 크림이 들어간 음식은 절대 먹지 않았다. 살찌는 음식은 모두 내게 적이었고 한때는 아예 아무것도 먹지 않았다. 아니, 먹지 못했다.

"너 음식 갖고 일일이 타박하는 게 얼마나 마음에 안 들었는지 몰라."

"그래서 벌 받았잖아."

"됐어. 난 그때 이야기하는 거 아니야. 난 고등학교 때를 말하는 거였다고."

은지가 내 말을 자르며, 그만 좀 하라는 눈으로 쳐다보았다. 또 똑바로 던진 말을 혼자 잔뜩 구부려 받아들이고 말았다.

"알아."

"너 고등학생 때 진짜 매력 있었어."

"내가 원래 매력덩어리잖아."

내가 미소를 짓자, 은지는 칭찬을 못하겠다며 내 입에 무를 하나 넣어 주었다.

"근데 나, 그때가 싫어."

"왜? 너 아주 잘나갔잖아?"

은지가 고개를 갸우뚱하며 물었다.

"그냥 싫어. 그때 별로야."

나는 맥주잔을 들어 벌컥벌컥 들이마셨다.

은지와는 12시가 다 되어서야 헤어졌다. 치킨 집에서 맥주로 시작해, 자리를 옮겨 정종을 마셨다. 요즘은 술을 많이 마셔도 잘 취하지 않는다. 취하라고 마시는 술인데, 이상하게 술을 마시면 정신이 더욱 또렷해지는지 별별 기억이 다 난다.

욕실에 들어가 샤워를 하고 나왔다. 그런데 집 안이 아주 조용하다. 언니 방의 문을 열고 들어갔다. 여자애가 없다! 과거로 다시 돌아간 게 분명하다. 아니면, 여자애는 나의 환상이었는지도 모른다. 어쨌거나 정말 다행이다. 하늘은 나를 두 번 버리지는 않을 생각인가 보다.

얼음이 든 물 잔을 들고 내 방으로 들어와 불을 켰다. 그런데 침대에는 있으면 안 될 뭔가가 있었다. 여자애가 내 잠옷을 입고, 내 침대에서 쿨쿨 자고 있었다. 기운이 쭉 빠졌다. 하나부터 열까지 마음에 드는 게 하나도 없다.

나는 여자애의 머리를 쿵, 하고 쥐어박았다. 여자애는 아픈지 인상을 찡그렸다. 난 여자애가 깰까 봐 얼른 방문을 닫고 나왔다.

3. 17세 오예슬

누더기 퀸카

 탄력 없는 볼살, 주름이 자글자글한 눈가, 사라진 턱선, 그리고 숨길 수 없는 군살까지. 도대체 언제 이렇게 변한 걸까? 나와 닮았지만, 지금의 나와는 너무 다르다. 아무리 노화의 흐름은 막을 수 없다지만, 십 년이란 시간이 그렇게 긴 걸까? 여자가 '오예슬'이라는 것을 받아들일 수 없다. 여자는 오예슬이 아니라 노예슬이다, No예슬!

 시계를 보니 아침 7시였다. 미스 노는 내가 쳐다보고 있는지도 모른 채 쿨쿨 잘도 자고 있다. 잠귀 어두운 건 조금도 변하지 않았다. 그런데 미스 노는 왜 모델이 되지 않은 걸까? 공무원이라니, 나와는 너무 어울리지 않는다.

 미스 노를 보고 있어야 답이 나오지 않을 것 같아 책상에 앉았다. 책꽂이에는 공무원 시험 관련 책들이 빽빽이 꽂혀 있었다. 행정법이라고 적혀 있는 책을 한 권 빼서 펼쳤다. 군데군데 밑줄이 그어져 있다. 내가 풀던 문제집은 늘 깨끗했는데, 이건 그렇지 않다.

내 패션 잡지는 다 어디로 갔을까? 나는 늘 매달 17일이 되면 서점에 가서 잡지를 샀다. 인터넷으로도 잡지를 볼 수 있지만, 잡지를 모으는 게 내 취미다. 고개를 숙여 의자 아래쪽에 있는 책꽂이를 살폈다. 거기에 잡지가 일렬로 쭉 꽂혀 있었다. 2015, 2016, 2017, 2018년…… 년도와 월 별로 잡지가 정렬되어 있었고 2018년 11월 호가 마지막이었다. 왜 그 이후에는 잡지를 사지 않았을까?

"야, 너 뭐하는 거야?"

고개를 돌려보니, 미스 노가 침대에서 일어나 있었다.

"남의 방에서 뭐해?"

미스 노는 기분 나쁜지, 인상을 잔뜩 쓰고 있었다.

"책 좀 보고 있었어요. 그리고 이게 왜 남의 방이에요? 내 방이기도 하잖아요."

내 말에 미스 노는 아무 말 하지 않고 날 노려보기만 했다.

갑자기 미스 노는 침대에서 벌떡 일어나더니 방문을 열고 나갔다. 난 미스 노를 따라 나갔다.

"이젠 잡지 안 사요?"

미스 노는 내 말을 못 들었는지 화장실 쪽으로 걸어갔다. 난 화장실 앞을 막아섰다.

"왜 안 사요?"

"이젠 잡지 따위 모으는 거 관심없어."

"그럼 도대체 왜 모델이 안 된 거예요? 왜요?"

"제발 '왜요'라고 묻지 좀 마. 앞으로 '왜'라는 말 금지!"

그 말과 함께 미스 노가 나를 밀쳐냈고, 화장실 문이 내 앞에서 쾅 하고 닫혔다.

거실 소파에 가서 앉았다. 미스 노는 정말 냉정하다. 왜 그렇게 나를 차갑게 대하는 걸까? 남도 아닌 바로 자기 자신인데. 나라면 절대 그러지 않을 거다. 만약 십 년 전의 내가 나를 찾아온다면 어떨까? 일곱 살 때 내가 어땠는지 기억이 잘 나지 않지만 난 그냥 귀여워해 줄 것 같은데.

텔레비전을 보고 있는데, 미스 노가 씻고 나왔다. 미스 노는 머리를 감았는지 수건으로 머리를 감싸고 있었다. 방에 들어갔던 미스 노는 화장품을 바를 새도 없이 바로 나와서 주방으로 갔다. 아침을 먹으려는 것 같았다.

"로션 안 발라요?"

"이따가 밥 먹고."

"그러면 피부 건조해진단 말이에요."

"배고픈 게 먼저지, 피부가 먼저냐?"

미스 노는 내 말을 듣는 둥 마는 둥 밥솥에서 밥을 펐다. 내가 노려보고 있어서 그런지 어제보다는 밥을 조금 적게 펐다.

  나도 미스 노를 따라 밥공기에 밥을 담아 식탁에 앉았다.

  미스 노의 밥과 내 밥의 양은 꼭 두 배가 차이 났다.

  "수건은 계속 그렇게 하고 있을 거예요?"

  미스 노는 아무 대답도 하지 않았다. 미스 노의 침묵은 곧 '그렇다'는 뜻이다.

  "머리 감고 나서 말리지도 않고 수건 쓰고 있으면 비듬 생기는 거 몰라요?"

  또 침묵. 알면서도 그러겠다는 것이다.

  난 애써 미스 노의 얼굴을 쳐다보지 않기 위해 노력했다. 미스 노의 행동을 일일이 신경 쓰면 머리가 터질지도 모른다. 빨갛게 고추장으로 버무린 오징어채를 집었다. 내가 제일 좋아하는 반찬 중에 하나다. 물엿을 넣어 윤기가 돌았다. 오징어채와 함께 밥을 먹었다. 아, 엄마의 맛이다. 마늘향이 밴 매우면서도 달달한 맛. 십 년의 시간 속에서도 변하지 않는 게 분명 있다.

  난 오징어채만으로 밥을 다 먹었다. 하지만 미스 노는 밥을 먹는 둥 마는 둥 했다. 젓가락으로 밥을 깨작거리더니 결국 밥을 남겼다.

  "왜 안 먹어요?"

"어제 술을 마셨더니 입맛이 없어. 이따 해장국이나 좀 사 먹어야겠다."

미스 노는 식탁 위에 있는 그릇을 치웠다.

"술 많이 마셔요?"

미스 노는 며칠 전에도 술에 취해 늦게 들어왔다.

"가끔."

"술이 다이어트의 최대 적이라는 거 몰라요?"

내가 소리를 꽥 하고 지르자, 미스 노가 나를 노려보았다. 미스 노가 날 대하는 방식은 세 가지다. 첫 번째는 죽일 듯이 날 노려보는 것, 두 번째는 내 말을 못 들은 척 무시하는 것, 세 번째는 날 죽일 듯이 노려보며 내 말을 무시하는 것이다.

"나 충분히 날씬하거든?"

미스 노는 양손으로 허리를 짚은 후, 몸을 내 앞으로 내밀며 말했다. 어이가 없어 말이 나오지 않았다. 미스 노의 눈이 이상하거나, 이 집 거울이 이상한 게 분명하다.

"누가 그래요? 날씬하다고?"

"사람들이 다. 그리고 이십 대 여자가 55 사이즈 입으면 날씬한 거라고."

"55 사이즈 입어요?"

미스 노가 고개를 끄덕였다. 난 미스 노의 몸을 훑었다. 그, 그래, 당연한 거다. 저 몸이 44 사이즈일 리는 없었다. 미스 노가 살이 쪘다는 건 알았지만, 막상 55 사이즈를 입는다는 소리를 들으니 기분이 상했다.

"정말 너무하는 거 아니에요? 어쩜 그렇게 살이 찌도록 내버려 뒀어요? 매일 그렇게 술 마시고, 밥 많이 먹고 그러니까 그렇게 된 거잖아!"

몸 아래에서부터 무언가 부글부글 끓어오르기 시작했다.

"내가 어떻게 관리한 몸인데? 과자, 초콜릿도 하나 안 먹고, 저녁마다 샐러드 먹으면서 관리했던 거라고요! 알잖아요! 그런데 지금은 이게 뭐야?"

나도 모르게 울음이 터져 나왔다. 나를 보고 있던 미스 노는 아주 잠깐 어쩔 줄 모르겠다는 표정을 지었지만, 곧 몸을 돌려 아무 일도 없는 것처럼 싱크대로 가서 설거지를 했다.

"에이, 정말 귀찮은 년."

그릇이 부딪치는 소리와 함께 미스 노의 목소리가 들렸다.

"뭐라고요? 년?"

"그게 뭐?"

미스 노는 날 쳐다보지도 않은 채 설거지를 계속하며 말했다.

"왜 욕해요?"

"욕먹는 건 또 싫니?"

"내 입에서 욕 나오는 거 싫어요! 앞으로 욕 같은 거 하지 마요."

"싫다, 이년아!"

미스 노는 나에게 보여 주려고 그러는 건지, 고개를 돌려 나에게 입모양을 똑똑히 하며 다시 한 번 말했다. 나는 왈칵 눈물이 쏟아졌다.

"제발 울지 좀 마. 운다고 해결될 건 아무것도 없다고. 너 진짜 짜증 나."

"정말 정말 너무해요!"

미스 노에게 소리를 지르고 집 밖으로 뛰쳐나왔다.

미스 노는 나를 왜 그렇게 미워하는 걸까? 미움을 받아야 하는 건 내가 아니다. 오히려 미스 노다. 내 미래의 삶을 엉망진창으로 살고 있는 미스 노가 나에게 사과해야 한다.

현관 앞에서 기다렸다. 미스 노가 미안하다며 날 따라올 줄 알았다. "내가 정말 미안해. 잠깐 정신이 나갔나 봐. 앞으로 술도 안 마시고, 밥도 조금만 먹고 다이어트 할게. 그리고 욕도 안 할게."라는 말을 하며. 하지만 문 앞에 서서 한참을 기다렸지만 미스 노가 나올 기미는 보이지 않았다.

집으로 다시 들어가기도 애매해 엘리베이터를 타고 1층으로 내려왔다. 하지만 막상 나오고 보니 갈 곳이 없었다. 은지네 집에 놀러가더라도 은지는 나를 알아보지도 못할 것이다. 주머니에 손을 넣었다. 동전 한 닢 없었다. 할 수 없이 아파트 놀이터에 있는 벤치로 향했다.

벤치에는 아무도 없었다. 내가 이곳에 왔을 때 여기에서 처음 눈을 떴다. 혹시 여기가 타임머신이 아닐까? 여기에 한참 앉아 있다 보면, 다시 과거로 돌아갈 수 있을지도 모른다.

가만히 앉아 어떻게 하면 과거로 다시 돌아갈 수 있을까 생각해 봤지만 머릿속에서는 덥다는 생각밖에 안 들었다. 미스 노가 학원에 간 이후에나 집에 들어가야지.

생각하면 할수록 정말 억울하다. 저 집은 분명 내 집이기도 한데 왜 내가 미스 노의 눈치를 봐야 하는 걸까? 미스 노는 나를 더부살이로 여긴다. 나도 내 방에서 자고 싶은데 못 자게 하고, 텔레비전이라도 볼라치면 시끄럽다며 뭐라고 했다.

"너 여기서 뭐하고 있는 게냐?"

고개를 들어 보니, 내 앞에 어떤 할머니가 서 있었다. 할머니는 나를 보고 고개를 설레설레 저으면서 내 옆에 바짝 붙어 앉았다.

"뭐하고 있어?"

"예?"

할머니를 쳐다봤다. 어디서 많이 본 얼굴이긴 한데 기억이 나지 않았다.

아, 생각났다! 옆집 할머니다. 머리가 하얘져 알아보지 못했다. 워낙 염색을 말끔하게 잘하셔서 사십 대인 우리 엄마

보다 흰 머리가 더 적었던 할머니인데, 요즘엔 염색을 하지 않으시나 보다.

"너 또 학원 안 가고 놀고 있는 게냐?"

"네?"

혹시 할머니는 내가 누군지 알아본 걸까?

"오늘 학원 수업 없는 날이에요."

난 대충 둘러댔다.

"또 거짓말 하는구나. 너희 엄마 보면 다 이를 거야. 알겠어?"

옆집 할머니는 늘 나를 날라리 취급한다. 내가 멋을 좀 부리고 다니는 걸 보고, 학생 신분에 어울리지 않는다며 나를 볼 때마다 잔소리를 했다. 반면 오예진은 매우 좋아했다. 할머니는 오예진에게 늘 자신이 나왔다는 명문 여대에 가라고 했다. 오예진에게 자기 모교의 상징이라는 '빨간 수첩'을 선물로 주기까지 했으면서 나에게는 이름부터가 마음에 들지 않는다고 했다. 예슬이라는 이름이 너무 유치하다며 엄마에게 이름을 바꿔 주라고 했다. 예슬이라는 이름은 어릴 때는 좋지만, 나중에 나이 들면 이상할 거라고 했다. 하긴 예순 살이 되어, 오예슬입니다, 라고 하면 조금은 웃길 것 같기도 하다.

할머니를 쳐다보았다. 할머니는 십 년 사이에 많이 늙었다. 하얀색 머리카락도 그렇고, 얼굴에 주름도 더 많이 생겼다. 게다가 항상 화장을 곱게 하고 다니셨는데 오늘은 화장을 안 한 것 같았다.

"저기, 할머니. 제가 누군지 아세요?"

"그럼 내가 널 모를 것 같으냐?"

할머니가 나를 매섭게 노려보았다.

"아니요, 그게 아니고요."

"난 네가 누군지 다 알고 있어."

"네? 정말요?"

할머니가 미소를 지으며 고개를 끄덕였다.

"그럼 제가 어떻게 하면 돌아갈 수 있는지 아세요?"

"알다마다."

아아, 살았다. 영화에서 보면, 누군가는 비밀을 알고 그걸 풀 열쇠를 쥐고 있다. 나의 비밀을, 내가 돌아갈 수 있는 방법을 알고 있는 사람이 옆집 할머니일 줄이야! 난 할머니의 팔을 붙잡았다.

"제발 그 방법 좀 알려 주세요!"

"그런 걸 쉽게 알려 줄 수 있나."

할머니는 눈을 새치름하게 뜨고 고개를 살짝 돌렸다.

"할머니, 그러지 말고 제발 좀 알려 주세요. 저 더 이상은 여기에서 못 지내겠어요."

이곳에서 내가 할 수 있는 건 아무것도 없다. 내가 오예슬이라고 말할 수도 없고, 친구를 만날 수도 없다.

나는 할머니의 팔을 붙잡고 매달렸다.

"제발요, 할머니. 네? 제가 돌아가면 정말 할머니한테 잘할 게요. 인사도 잘하고, 할머니가 시키는 심부름도 다 할게요."

"그럼 지금 내 어깨 좀 주물러 봐라."

"물론이죠!"

얼른 할머니의 어깨를 주물렀다.

"좀 더 꽉꽉 해 봐. 비쩍 말라서 팔에 힘도 없구나."

손끝에 힘을 주어 힘껏 어깨를 주물렀다.

"너무 세게만 하지 말고. 요령 있게 잘 좀 해 봐."

"네."

나는 정성을 다해 할머니의 어깨부터 팔, 등까지 주물렀다. 팔이 아팠지만 할머니가 계속 하라고 해서 쉬지 않았다.

"됐어. 이제 그만 해라."

너무 열심히 주물렀는지 손이 뻐근해지면서 마비가 오는 듯했다. 나는 왼쪽 주먹으로 나의 오른팔을 두드렸다.

"이제 알려 주실 거죠?"

"노래 한 곡조 뽑아 봐라."

"예?"

"노래 좀 해 보라고."

가만히 할머니를 쳐다보았다. 할머니는 진짜로 노래 듣기를 원하는 것 같았다.

"무슨 노래를 할까요?"

"글쎄 뭐가 좋을까. 노사연의 「만남」 불러 봐라. 내가 제일 좋아하는 노래다."

"그 노래 모르는데요?"

"그럼 심수봉의 「사랑밖에 난 몰라」."

"그것도 몰라요."

"으이구."

할머니가 답답한지 혀를 쯧쯧 찼다. 이러다 할머니가 화를 내며 그냥 가 버리면 어쩌나 조바심이 났다.

"장윤정의 「어머나」는 알아요. 그거 부를게요."

할머니는 못마땅한 표정으로 고개를 끄덕였다. 할머니 마음에 들기 위해 벤치에서 일어나 춤까지 추면서 노래를 불렀다.

"어머나, 어머나, 이러지 마세요~ 여자의 마음은 갈대랍니다~."

지나가는 사람들이 쳐다보았지만 신경 쓰지 않았다. 지금 내게 중요한 건 사람들의 시선이 아니다. 난 할머니에게 잘 보이기 위해 최선을 다해 노래를 불렀다.

노래가 끝나자, 할머니가 우아하게 박수를 쳤다. 트로트 노래를 들은 게 아니라 오페라를 관람한 사람 같았다.

"뭐 노래는 좀 하는구나."

나는 고개를 꾸벅 숙여 "감사합니다."라고 말하며 벤치에 앉았다.

"너, 저기 경비실 보이지?"

갑자기 할머니가 내 귀에 대고 조용히 말했다.

"네. 보여요!"

"저기 뒤에 가서, 피키피키피키! 하고 주문을 외워라. 그러면 네가 원하는 대로 될 거다."

할머니는 두 팔을 머리 위로 높이 한 후, "피키"를 외칠 때마다 오른팔과 왼팔을 번갈아 접었다 폈다 하며 흔들었다.

"피키피키피키요?"

"그래. 세 번 외치는 거야. 팔을 힘차게 흔들면서 해야 해."

"피키피키피키를 세 번 외친다고요?"

"아니. 피키를 세 번 외치라고. 이렇게 말귀를 못 알아들어서야. 한번 해 봐."

"네."

난 일어서서 할머니가 알려 준 대로 팔을 번갈아 움직이며 "피키피키피키"를 외쳤다.

"이렇게요?"

"아니. 팔을 조금 더 힘차게!"

다시 했다.

"피키, 피키, 피키!"

"아니, 엉덩이를 좀 씰룩거려 봐. 리듬 있게 해야지."

할머니가 시키는 대로 주문을 계속 외웠다.

피키피키피키 주문을 열 번 넘게 외치고 나서야, 할머니는 이제 그만 해도 된다고 했다.

"넌 이제 원하는 걸 이룰 수 있을 거야."

"감사합니다!"

할머니의 손을 잡고 연신 고개를 꾸벅였다. 할머니는 흐뭇한 표정을 지으며 내 손을 쓰다듬어 주었다. 아아, 왜 나는 지금까지 할머니가 이렇게 인자한 사람인 줄 몰랐던가? 그동안 할머니를 대했던 나의 행동이 뼈저리게 후회되었다.

"잘 가라, 복실아."

"예?"

할머니가 나를 복실이라는 이상한 이름으로 불렀다. 내가 "복실이요?"라고 되묻자, 할머니가 다시 한 번 나를 복실이라고 불렀다. 조금 이상하긴 했지만, 뭐 이름이야 어떻든 돌아가기만 하면 된다.

내가 할머니에게 인사를 하고 경비실로 가려고 하는데, 저 멀리서 누군가가 뛰어왔다. 이쪽으로 오는 것 같았다.

"아이고, 어머님!"

달려온 사람은 할머니의 며느리인 옆집 아줌마였다. 아줌마가 조금 늦긴 했지만 한눈에 알아볼 수 있었다.

"한참 찾았잖아요. 몰래 나가시면 어떻게 해요?"

아줌마의 말에 할머니가 배시시 웃었다.

"그런데 누구세요?"

아줌마가 나를 보며 물었다. 내가 뭐라고 이야기를 해야 하나 고민하고 있는데, 할머니가 "복실이!"라고 대답했다.

"아이고, 어머님. 복실이라뇨."

아줌마가 할머니의 어깨에 팔을 두르며 웃었다.

"옆집 아가씨랑 많이 닮긴 했는데."

아줌마가 고개를 갸우뚱거리며 나를 쳐다봤다.

"아, 예슬 언니 옆집에 사시는구나. 전 예슬 언니 사촌 동생이에요."

난 괜한 의심을 받지 않기 위해 활짝 웃으며 말했다.

"어쩐지. 예슬이랑 너무 닮아서 누군가 했네. 어쩜 그렇게 사촌 동생이 쌍둥이처럼 닮았을까."

아줌마는 내 얼굴을 신기한 듯 쳐다보고는 그만 가 보겠다고 했다.

"저기, 아줌마."

"응?"

"그런데 복실이가 누구예요? 할머니가 저보고 복실이라고 불렀거든요."

"우리 어머님 이름이야."

"예?"

복실이라는 이름이 오예슬이란 이름보다 훨씬 더 유치했다.

"어머니가 치매 끼가 있으시거든. 아마 학생을 자기 어렸을 때로 착각하셨나 봐."

아줌마가 내 귀에 대고 작은 목소리로 말했다.

"네?"

할머니가 나를 보고 씩 웃었다. 할머니와 아줌마는 기가 막혀 아무 말도 하지 못하고 있는 나를 두고는 아파트 입구 쪽으로 사라져 버렸다. 할머니와 아줌마가 더는 보이지 않았다.

내가 이 더운 날 무엇을 한 걸까? 할머니 어깨를 주무르고, 노래까지 부르고…….

"으아!"

화가 나서 소리를 질렀다. 도저히 화가 가라앉지 않았다. 바닥에 보이는 돌을 발로 걷어찼다.

"악."

돌이 땅 속에 깊이 박혔는지 움직이지 않았다. 괜히 발만 아팠다. 더운 곳에 서 있으니까 화만 더 났다.

나는 집으로 들어가기 위해 아파트 현관 쪽으로 걸어갔다. 지금쯤 미스 노는 학원에 가고 없을 거다.

아파트로 들어가려는데, 경비실에 아무도 없었다. 주변을 살핀 후, 경비실 뒤쪽으로 갔다. 난 아까 할머니가 알려 준 대로 두 팔을 머리 위로 올렸다.

"피키, 피키, 피키!"

그대로다. 다시 한 번 해 보았다. 이번에는 팔을 조금 더 힘차게 움직였다.

"피키, 피키, 피키!"

열심히 주문을 외우고 있는데, 경비 아저씨가 언제 왔는지 나를 이상하다는 듯 쳐다보고 있었다. 난 얼른 멈추고 아파트 현관으로 뛰어 들어갔다.

할머니 말을 들은 내가 바보지!

창문이란 창문을 죄다 열고, 방향제를 집 안 곳곳에 뿌렸지만 아직도 냄새가 가시지 않았다. 미스 노가 아침부터 청국장을 먹어 집에서 계속 꾸리꾸리한 냄새가 났다. 내가 변한 건 몸뿐만이 아니었다. 식성도 완전히 바뀌었다. 미스 노는 고기도 모자라 심지어 청국장까지 먹었다.

미스 노는 고약한 냄새가 나는 청국장이 정말 맛있다며 밥을 한 그릇 다 비웠다. 냄새만 아니었더라도, 나는 미스 노가 밥을 먹는 걸 막았을 것이다. 미스 노가 청국장을 먹고 있는 모습을 보고 있으니, 아무래도 내가 아닌 것 같았다. 미스 노는 정말 나의 미래가 맞을까? 아니, 나와는 너무 다른 미래의 나를 과연 '나'라고 할 수 있을까? 미스 노는 매일 나를 놀라게 한다. 그리고 그 놀람의 감탄사는 '와우!'가 아닌, '헉!'이 대부분이다.

하루 종일 집에만 있으려니 심심했다. '미스 노의 세계'로 오지만 않았다면, 방학 중인 은지나 민준을 만나 놀 수 있었을 텐데. 청국장 냄새가 가득한 집에 있고 싶지 않았지만 그렇다고 이곳에서 내가 만날 수 있는 사람은 아무도 없다. 그들은 모두 십 년이나 나이가 들어 버렸으니까. 그들은 지금 뭘 하고 있을까? 미스 노가 변한 대로, 은지와 민준도 분명 달라졌을 것이다. 은지는 가수의 꿈을 이루었을까? 민준이는 의대에 갔을까? 그런데 민준이와는 왜 헤어진 걸까? 미스 노는 민준을 기억조차 못했다. 도대체 언제 헤어진 걸까? 미스 노는 아무것도 알려 주지 않는다. 내가 질문을 하면 못 들은 체하거나 화를 낸다.

텔레비전 채널을 이리저리 돌리다가 꺼 버리고 미스 노의 방으로 들어왔다. 미스 노의 물건을 뒤지다 보면 미스 노에 대해 알아낼 수 있을지도 모른다.

먼저 책상 서랍을 열었다. 서랍 안에는 온갖 잡동사니가 다 들어 있었다. 볼펜, 전단지, 수첩, 머리띠 등 보이는 건 모조리 다 서랍 안에 넣었나 보다. 십 년이 지나도 난 정리하는

데는 젬병인가 보다.

서랍 맨 구석에 검은 수첩이 보였다. 수첩을 들었더니, 거기에서 사진 한 장이 쏙 빠져나왔다. 폴라로이드 사진이다. '나'와 은지였다.

'22살 생일날'

사진에는 매직펜으로 그렇게 적혀 있었다. 음식점에서 찍어 준 것 같은데 배경은 어두워 잘 보이지 않지만, 얼굴은 또렷하게 잘 보였다. 오 년 뒤다. 아니다. 여기에서의 시간으로 따지자면, 오 년 전이다. 사진 속의 미스 노는 예쁘다. 상반신만 찍혔지만 살도 거의 찌지 않은 것 같다. 지금의 나와 별로 다를 게 없다. 오히려 더 예뻐 보인다. 화장도 예쁘게 했고, 옷도 잘 갖춰 입었다. 이렇게 괜찮은데 왜 모델이 되지 않은 걸까?

혹시 다른 사진은 없을까 싶어 서랍을 계속 뒤졌지만 더는 없었다.

서랍 뒤지는 것을 그만두고 침대에 누웠다. 산 지 얼마 되지 않은 침대였지만 여기에서는 이미 십 년도 더 되어 버렸다.

"딩동."

잠깐 잠이 들었는데, 현관문 벨소리가 울렸다. 저녁 때 누구지? 미스 노라면 벨을 누르지 않을 텐데.

"누구세요?"

거실로 나가 현관 앞 CCTV를 볼 수 있는 스위치를 누르며 물었다.

"나야, 빨랑 문 열어."

화면 속 여자는 은지였다. 진한 눈썹에 주먹코, 그리고 각진 얼굴까지, 내 친구 은지가 맞다.

"딩동, 딩동."

내가 문을 열어 주지 않자, 은지는 벨을 계속 눌러 댔다.

어떡하지? 문을 열어야 하나? 말아야 하나? 집에 없는 척하고 싶었지만, 이미 인터폰으로 "누구세요."라고 물어본 터라 그럴 수도 없었다.

어떻게 할까 고민하다가 나는 문을 열어 주었다.

"빨랑 좀 열지 않고 뭐해?"

은지가 투덜대며 현관으로 들어왔다. 은지는 내게 큰 쇼핑백을 건네주었다.

"근데…… 누구세요?"

나를 본 은지가 흠칫 놀라며 뒷걸음질을 쳤다. 이번에도 나는 오예슬의 사촌 동생이라고 소개했다.

"예슬이가 사촌 동생 와 있다는 말 안 하던데?"

은지는 잔뜩 경계한 채 나를 노려보았다.

"맞아요. 미국에 사는 사촌 동생이에요. 이야기 들어 본 적 없으세요? 마이애미에 사는 제니퍼."

이종사촌인 제니퍼를 만나 본 적은 없다. 사진으로 몇 번 봤을 뿐이다. 만약 내가 마이애미에 계획대로 도착했다면, 지금쯤 제니퍼와 해변을 거닐며 놀고 있을 텐데.

"정말 사촌 동생 맞아요?"

"네!"

난 고개를 끄덕이며, 내가 제니퍼가 맞다고 했다.

"그 사촌 동생 한국말 잘 못한다고 했는데."

은지가 고개를 갸우뚱하며 나를 조심스럽게 쳐다봤다. 경계의 눈빛이 아직 남아 있었다.

"배웠어요, 한국말. 난 한국 사람이니까!"

난 소리치며 살짝 혀를 굴렸다. 갑자기 은지가 휴대폰을 꺼냈다. 경찰서에 신고하는 줄 알고 긴장했는데, 미스 노에게 하는 전화였다.

"오예슬, 나 너네 집에 왔는데, 웬 여자애가 와 있네? 진짜 네 사촌 동생 맞아? 응. 알았어. 빨리 와."

은지가 전화를 끊었다. 난 은지를 향해 미소를 지었다. 이렇게 다시 만나니 정말 반가웠다. 당장이라도 은지를 확 끌어안고 싶었지만 은지는 나를 무시하고 거실로 쌩 하고 들어가 버렸다.

소파에 앉은 은지는 휴대폰을 만지작거렸다. 난 은지 옆에 가서 앉았다. 가까이서 보니, 은지에게 없던 쌍꺼풀이 생겼다. 쌍꺼풀 수술을 했나 보다. 은지는 입버릇처럼 대학 입학만 하면 제일 먼저 쌍꺼풀 수술을 하겠다고 했었다.

"저기, 언니."

"응?"

"쌍꺼풀 한 거 맞죠?"

"어머, 티 나니? 다른 사람들은 다 감쪽같다고 하던데."

은지는 휴대폰 액정 화면으로 제 얼굴을 살폈다. 난 예슬 언니 졸업앨범을 봤다며, 앨범에 나온 사진과 달라서 물어본 거라고 둘러댔다.

"하여튼 옛날 사진이 문제라니까. 내가 동창들 집을 다 돌아다니면서 내 사진을 오려낼 수는 없잖아."

은지는 자기 옛날 모습이 싫어 졸업앨범에 나와 있는 사진을 오려내려다가 자기 것만 오려 봐야 소용없다는 걸 알고 그만두었다고 했다.

계속 보니, 은지가 많이 예뻐진 것 같다. 은지를 만나면 당장 외모 때문에 너무 고민하지 말라는 말을 해 줘야겠다.

"언니는 무슨 일 하세요?"

"나?"

은지가 고개를 들어 나를 쳐다보았다.

"네. 그냥 궁금해서요."

"회사 다녀. 화장품 회사."

은지가 소파 뒤로 몸을 기대면서 대답했다. 은지는 죽어도 화장품 회사에는 들어가지 않겠다고 했는데……. 가수가 되지 못해 어쩔 수 없었을 것이다. 은지는 오디션에서 번번이 떨어질 때마다 언젠가 자신의 가창력을 알아주는 기획사가 나타날 것이라고 했지만, 외모의 장벽을 넘는 게 쉽지 않았나 보다.

"근데 너 예슬이랑 정말 많이 닮았다. 아무리 사촌간이라지만 이렇게 많이 닮을 수가 있나? 꼭 자매, 아니 쌍둥이 같아."

은지가 내 얼굴을 이리저리 자세히 살펴보며 말했다.

"꼭 예슬이 옛날 모습 보는 것 같네."

"그래요?"

난 손으로 얼굴을 만지며 대답했다. 닮은 건 당연한 일이다. 미스 노와 난 쌍둥이보다 더 닮았을 것이다.

"에휴, 고등학교 때 천하의 오예슬이 지금은 많이 죽었지."

은지가 고개를 설레설레 저으며 말했다. 역시 은지는 나를 기억하고 있었다. 그렇다. 나다. 바로 천하의 오예슬. 재림고 최고의 퀸카, 오예슬! 어디를 가나 관심이 집중되는 찬란한 미모의 소유자, 오예슬! 100미터 밖에서도 빛이 난다는 화려한 소녀, 오예슬!

"오예슬 안 좋아한 남학생이 없었지."

"알죠. 우리 학교 남학생을 두 부류로 나눌 수 있잖아요. 오예슬을 좋아하는 남학생, 아니면 남자를 좋아하는 남학생."

"우리 학교?"

"어머, 내가 그렇게 말했어요? 한국말이 서툴러서."

내가 둘러대자 다행히 은지는 별다른 의심을 하지 않았다.

"그럼 예슬 언니 남자 친구 많았어요?"

"무슨. 이민준만 계속 만났잖아."

"이민준이요?"

"네가 민준이를 알아?"

"언니가 마이애미 왔을 때 그 남자 친구 사진 보여 주면서 자랑했던 것 같아요."

"그걸 기억해? 그때 너 아주 어렸을 때 아니야?"

"제가 기억력이 좀 좋거든요."

"그래?"

은지는 복잡하게 생각하는 걸 싫어하기 때문에 쉽게 넘어갔다.

"얼마나 오래 만났는데요?"

"작년 초까지 만났어."

"작년까지요?"

은지가 그렇다며 고개를 끄덕였다. 이상하다. 미스 노는 분명 잠깐 만나다 헤어졌다고 그랬다. 나는 재차 작년에 헤어진 게 맞느냐고 물었고, 은지는 맞다고 했다. '나'와 민준

사이에 무슨 일이 있던 게 분명하다. 나는 은지에게 더 자세히 물어볼 요량으로 은지 옆으로 바짝 다가가 앉았다.

"그런데 왜 헤어졌어요?"

"글쎄."

은지가 뜸을 들였다.

"혹시 예슬 언니가 살찌면서 헤어진 거예요?"

"그런가? 뭐 그 시기였던 것 같아."

"말도 안 돼!"

나도 모르게 소리를 질렀다.

"그런데 민준이는, 아니 민준 오빠라는 사람은 의대에 갔어요?"

"응. 지금 Y대학 병원에서 인턴 하고 있어."

어떻게 된 일인지 머릿속에 그림이 그려졌다. 미스 노는 민준에게 차인 것이 분명하다. 민준이가 살찌고, 못생겨져 별 볼일 없는 미스 노를 좋아할 리가 없다. 정말 자존심이 상했다. 어떻게 내가 민준이에게 차일 수가 있지? 물론 미스 노가 조금, 아니 많이 망가지기는 했다. 하지만 민준이가 어떻게 나에게 그럴 수 있지? 천하의 오예슬에게? 이건 있을 수도, 있어서도 안 되는 일이다. 하지만, 아쉽게도, 속상하게도, 짜증스럽게도, 이미 일은 벌어졌다.

머리에 열이 나서 도저히 참을 수가 없었다. 얼음물을 마시러 주방으로 들어갔다. 컵에 얼음을 가득 채운 후, 물을 부었다. 그리고 물과 함께 얼음을 입에 잔뜩 넣고 꽉꽉 씹었다. 입안이 차가워지면서, 머리의 열도 조금씩 내리는 것 같았다. 다시 거실로 돌아왔다. 은지한테 물어볼 게 아직 많이 남았다.

"근데 예슬 언니는 왜 모델이 되지 않았어요? 어렸을 때부터 모델이 되고 싶어 했잖아요."

"모델이었잖아."

"네?"

또다시 둔탁한 것으로 머리를 얻어맞은 것 같았다. 이건 또 무슨 소리지?

"슈퍼모델 본선까지 나가 상도 받았잖아. 지면 광고도 몇 개 찍었고. 사촌인데 몰랐어?"

난 미국에 있어 잘 몰랐다고 얼버무렸다.

"그러면 그만둔 거예요? 왜요? 살쪄서 그렇죠?"

은지가 대답하려고 하는데, 현관문 열리는 소리가 났.

고개를 돌려보니, 미스 노였다.

"왔어?"

은지가 일어나서 미스 노를 반겼다.

"왜 연락도 없이 왔어?"

"당연히 너 집에 있을 줄 알고 그랬지. 화장품 다 떨어졌다며? 그래도 얼마나 다행이야. 사촌 동생이 와 있어서 헛걸음은 안 했잖아."

미스 노가 나를 쓱 쳐다봤다.

"근데 네 사촌 동생, 너랑 정말 많이 닮았어. 보면 볼수록 더 똑같아."

은지는 나와 미스 노를 번갈아 쳐다보며 말했다. 미스 노는 기분 나쁜 듯 인상을 찡그렸다. 정말 황당했다. 기분 나빠 해야 할 사람이 누군데?

"나가자."

미스 노는 집 안으로 들어오지 않은 채 현관 앞에 그대로 서서 말했다.

"나가긴 어딜?"

"나가서 밥 먹자고."

은지는 귀찮다며 그냥 집에서 음식을 시켜 먹자고 했다. 하지만 미스 노는 시켜 먹는 음식은 맛이 없다며 계속 나가자고 했다.

"알았어. 그럼 나가서 먹지 뭐."

은지가 가방을 챙겨 들었다.

"넌 나갈 준비 안 해?"

은지가 나를 보며 물었다. 난 미스 노의 눈치를 보며 가만히 서 있었다.

"얘는 다이어트 하느라고 저녁 안 먹어."

미스 노가 내 눈을 똑바로 쳐다보면서 말했다. 은지는 정말이냐고 물었고, 나는 그렇다고 했다.

"같이 가면 재밌을 텐데 아쉽다. 하긴 음식 먹는 거 보면 먹고 싶으니까 어쩔 수 없지, 뭐. 그럼 다음에 또 보자."

미스 노는 은지를 데리고 서둘러 집에서 나갔다.

난 미스 노가 사라진 문을 뚫어지도록 노려보았다. 치사하고 냉정해. 빈말이라도 같이 가자고 하면 안 되나? 나도 은지랑 더 이야기하고 싶었다.

방으로 들어가 컴퓨터를 켰다. 인터넷 검색 창에 '슈퍼모델 오예슬'을 쳤다. 신문기사가 여러 개 떴다. '2013 슈퍼모델 선발대회'라는 제목의 기사를 클릭했다.

9월 25일 저녁 6시부터 세종문화회관에서 생방송으로 개최된 슈퍼모델 선발대회는 1,2부로 나뉘어 치러졌다. 자기 소개와 워킹 심사를 거쳐 본선 진출자 32명 중 11명이 결선에 진출했고 최종 수상자가 결정되었다. 1위는 이아람, 2위는 박상미, 3위는 한지예, 포토제닉 상은 오예슬이 차지했다.

은지의 말은 사실이었다. 수상자 사진에 미스 노가 있다. '오예슬'로 검색을 더 해 보니, 광고 사진 몇 개가 떴다. 의류 광고 사진이다. 미스 노는 늘씬하고 아름답다. 이제야 수수께끼가 풀렸다. 결국 나는 모델이 되었지만 미스 노가 살이 찌는 바람에 모델 일을 못하게 된 것이다. 살이 찐 모델을 누가 기용하겠는가? 이게 다 자기 관리 하나 제대로 못하는 미스 노의 탓이다.

침대에 누웠다. 하지만 잠이 오지 않았다. 모든 게 다 엉망진창이다. 미스 노를 용서하지 않을 거다. 미스 노는 나에게서 민준이도, 꿈도 다 빼앗아가 버렸다. 윗니로 아랫입술을 꽉 깨물었다.

미스 노가 밉다. 너무 미워 죽겠다.

4. 27세 오예슬

골칫덩어리 '나'

이번에도 역시 합격자 명단에 내 이름은 없었다. 학원 앞에 도착했다는 버스 안내 방송이 나왔다. 서둘러 휴대폰의 인터넷 접속을 종료했다. 9급 행정직은 가장 많은 인원을 뽑는 만큼, 채용 시험의 여러 분야 가운데서도 응시자가 제일 많이 몰린다. 100대 1이 넘는 경쟁에서 내가 합격했을 리 없다.

나 자신에게 화가 난다. 합격하지 못했기 때문이 아니다. 시험에 떨어졌는데도 아무렇지 않아서다. 조금 서운할 뿐, 금세 아무렇지 않다. 시험에 합격한다고 크게 좋을 것 같지도 않다.

강의실에는 진선이 먼저 와 있었다. 오늘은 내가 자리를 맡기로 한 날이었다.

"왔어요?"

진선이 내게 알은체를 했다. 표정이 좋아 보이지 않았다. 합격자 명단에 진선의 이름도 없었다.

"일찍 왔네요?"

"앞 시간 강의가 일찍 끝났거든요."

진선은 나보다 아침 수업을 하나 더 듣는다. 진선은 내게 다음 달에는 무슨 수업을 들을 거냐고 물었다. 난 행정법과 국어, 국사를 들을 거라고 했다. 진선 역시 이번에는 세 개만 들을 거라고 이야기했다. 우리는 시험 결과에 대해 서로 한마디도 이야기하지 않았다.

"참, 근데 눈은 괜찮아요?"

"아니요. 아직도 그래요."

얼마 전부터 앞이 뿌옇게 보이기 시작하더니, 요즘엔 아예 책에 있는 글씨마저 잘 보이지 않을 때도 있었다.

"시력 떨어진 거 아니에요?"

"아무래도 그런 것 같아요."

한때 나는 몽골인 부럽지 않은 시력을 가지고 있었다. 내 시력은 늘 좌우 1.5 이상이 나왔고, 멀찍이 떨어진 친구의 답안지를 커닝 해 시험을 잘 본 적도 있다. 심지어 일부러 눈이 나빠지길 바랐던 적도 있다. 안경을 쓴 친구들이 예뻐 보여 텔레비전도 가까이에서 보고, 만화책도 누워서 보고 그랬는데 시력이 떨어지지 않았다.

은지는 내가 책을 잘 읽지 않아 눈이 좋은 거라고 했다. 아무래도 그 말이 맞는지, 신의 눈을 가진 나도 공부를 시작하니 별 수가 없다.

"빨리 안경 맞춰요. 눈 나빠질 때 교정 안 하면, 시력 더 나빠진대요."

진선은 학원 근처에 있는 괜찮은 안경점을 알려 주었다.

"근데 예슬 씨, 아르바이트 해 볼 생각 없어요?"

"아르바이트요?"

"사촌 언니가 인터넷 의류 쇼핑몰을 오픈하는데 모델이 필요하대서요. 예슬 씨 예전에 모델 일 했다면서요?"

"옛날 얘기예요. 지금은 살쪄서 그런 거 못해요."

진선에게 과거 이야기를 하려고 했던 건 아니다. 어떻게 보면 너무 부끄러운 과거다. 옛날에 모델 일을 했다고 하면, 사람들은 '그런데 지금은 왜 그렇게 망가졌어?' 하는 표정으로 나를 쳐다본다. 그래서 모델 일을 그만둔 이후로 만난 사람들에게는 절대 말하지 않는다. 하지만 술을 마시면서 나도 모르게 진선에게 그 이야기를 했다.

"부탁 좀 할게요. 언니한테 제가 도움을 많이 받았거든요."

"하지만 너무 살이 쪄서."

"찌긴 뭘요? 보통 사람치고는 정말 날씬하잖아요."

진선은 사촌 언니에게 모델이었던 사람을 소개해 준다는 말을 이미 해 두었다며, 계속 졸랐다.

"생각 좀 해 볼게요."

나는 대충 얼버무렸다. 그러자 진선도 더 이상 말을 하지 않고 책을 펼쳤다.

수업이 끝나고, 진선과 함께 저녁을 먹었다. 밥을 먹는 중에도 진선은 시험 결과에 대해 아무 말도 하지 않았다. 지난번까지만 하더라도, 진선은 나에게 하소연을 하며 울기도 했다. 하지만 오늘은 내내 아무 일도 없는 척했다. 진선에게 괜찮냐고 물어보고 싶었지만, 괜히 진선의 기분을 상하게 할까 봐 그만두었다.

진선과 헤어진 후, 안경점에 갔다. 안경점에 들어섰지만 누구도 내게 인사를 하지 않았다. 남자 한 명은 텔레비전을 보고 있고, 또 다른 여자 한 명은 잡지를 보고 있었다. 남자는 사십 대 초반 정도로 보이고, 여자는 내 또래 정도로밖에 보이지 않았다. 진선의 말에 따르자면 이 안경점은 친절하지는 않지만 가격이 저렴하여 손님이 많은 곳이었다.

"저기, 안경 맞추려고 왔는데요."

"예."

남자가 텔레비전을 끄고 내 앞으로 왔다.

"원래 눈이 좋았는데, 요즘 갑자기 안 보여서요."

"여기 앉으세요."

남자가 가게 왼편에 놓인 의자를 가리켰다. 난 등받이가 없는 동그란 의자에 앉아 남자가 시키는 대로 동그란 숟가락처럼 생긴 판으로 왼쪽 눈을 가렸다.

"맨 위에 왼쪽 것부터 아래쪽으로 쭉 읽어 보세요."

"5."

"그다음은요?"

"안 보여요."

시력 검사판에 있는 제일 큰 글씨밖에 보이지 않았다. 왼쪽 눈도 마찬가지였다.

기계로 검사를 하겠다며, 남자는 옆 의자에 옮겨 앉으라고 했다. 렌즈에 한쪽 눈을 들이대니, 멀리서 보였던 집이 점점 또렷하게 보였다.

"이상하네. 시력은 잘 나오는데?"

남자는 다시 시력 검사판 쪽 의자로 앉아 보라고 했다. 이번에는 내게 검사용 안경을 씌우더니, 아까 했던 대로 읽어 보라고 했다.

"아니요, 아까랑 똑같은데요. 안 보여요."

남자는 렌즈 알을 이것저것 바꾸면서 잘 보이냐고 물었다. 하지만 그대로였다.

"이상하네. 도수 있는 알을 넣었는데 왜 안 보이지?"

남자는 혼자 중얼거리며 고개를 갸우뚱했다.

"아가씨, 내일 안과에 가 보세요."

남자는 내가 벗은 검사용 안경 다리를 접으며 말했다.

"혹시 제 눈에 큰 문제가 있는 건가요?"

바짝 긴장하여 남자를 쳐다보았다.

"시력은 정상이에요."

"그런데 왜?"

"글쎄요. 안과 가서 정밀 검사를 받아 봐야 할 것 같아요."

남자는 자신도 원인을 잘 모르겠다며, 안과에 가라는 말만 반복했다. 난 남자에게 알겠다는 말을 하고 안경점을 나왔다.

독서실로 들어가는 대신, 버스 정류장으로 갔다. 여자애 때문에 집에서 공부가 잘 안 되어 독서실에 등록했다. 하지만 오늘은 공부가 제대로 될 것 같지 않다.

버스를 기다리고 있는데, 은지에게 전화가 왔다. 은지는 오늘부터 백화점이 바겐세일에 들어갔다며, 옷을 사러 가자고 했다.

"옷은 무슨. 수험생에게 낭비야."

"너 살쪄서 맞는 바지가 없다며?"

"알았어. 백화점에서 만나."

일 년 반 사이에 10킬로그램이 늘었다. 상의는 어떻게든 입을 수 있는데, 예전에 입던 바지가 다 작았다. 몇 벌 간신히 입을 수 있는 바지가 있긴 했지만, 꽉 끼어 불편했다. 그래서 요즘엔 트레이닝복 차림으로 학원에 다닌다.

백화점에 도착했지만 들어가기가 꺼려졌다. 버스를 타고 오면서까지는 별 생각이 없었는데, 백화점의 화려한 불빛을 보고 나니 정신이 확 들었다. 아무래도 오늘 이 차림은 아닌 것 같다. 트레이닝복에 큰 숄더백, 그리고 부스스한 머리까지. 온몸으로 '나 수험생이에요'라고 말하고 있었다. 은지도 내가 창피한지, 얼른 옷을 사서 갈아입자고 했다.

세일 첫날이라 백화점에는 사람들이 바글바글했다. 특히 할인된 상품을 따로 모아 놓고 파는 코너에서는 사람들이 너무 많아, 간신히 틈을 비집고 들어가야 옷을 볼 수 있었다. 여기에서는 투사로 변하지 않으면 안 된다. 마음에 드는 옷을 먼저 골라잡아야 한다.

백화점 한 바퀴를 다 돌았지만, 마음에 쏙 드는 옷을 찾지 못했다. 은지 역시 마찬가지였다.

"막상 사려고 하니까 마음에 드는 게 하나도 없네."

"그러게."

학원 강의실의 에어컨 바람이 너무 세서, 얇은 카디건을 하나 사려고 했지만 색깔이 너무 요란하거나 칙칙했다. 청바지 역시 마음에 드는 건 할인을 하지 않았고, 할인하는 상품은 입었을 때 모양새가 마음에 들지 않았다.

다리가 너무 아파, 백화점 내에 마련된 휴게 의자에 가서 앉았다. 쇼핑할 때는 괜찮지만, 잠시라도 쇼핑을 멈추면 곧바로 다리가 아파 온다.

"이러다가 우리 오늘 아무것도 못 사는 거 아니야?"

백화점 문 닫을 시간이 되자 마음이 초조해졌다. 마치 시험 종료 시간을 앞두고 문제를 반도 풀지 못한 수험생이 된 것 같았다.

"옛날에는 다 마음에 들었는데 말이야."

은지는 영 마음에 드는 옷이 없다고 했다.

"우리가 까다로워진 걸까? 아니면 현명해진 걸까? 옛날에는 조금만 마음에 들어도 막 샀잖아."

"글쎄."

집에는 몇 번 입지 않고 고이 모셔 둔 옷이 꽤 많다. 어떤 옷은 한 번도 입지 않았다. 예쁘다 싶으면 무조건 사고 봤다. 하지만 지금은 생각에 또 생각을 거듭한다.

"돈이 많으면 고민하지 않고 다 살 텐데 말이야."

은지가 오른손 엄지손가락과 검지손가락을 동그랗게 말아 돈 모양을 그리면서 말했다. 그 말에 나는 피식 웃었다.

은지는 세일 기간에 어떻게든 옷을 사고 말 거라며 두 주

먹을 불끈 쥐고 의자에서 일어났다. 그 의지가 얼마나 강한지, 순간 은지가 유관순 열사로 보였다.

은지의 옷을 보기 위해 정장 의류 코너를 돌고 있는데 누군가 내 어깨를 툭 하고 쳤다.

"오예슬, 맞지?"

고개를 돌려 보니 모델 유혜리였다. 슈퍼모델 선발대회에 출전했을 때 같은 조였고, 에이전시도 같아 조금 친하게 지냈다. 하지만 나는 포토제닉 상을 받았고 유혜리는 아무 상도 받지 못했다. 데뷔 초에는 유혜리보다 내가 패션쇼에서 모델로 서는 일이 더 많았고, 자연스레 유혜리와 사이가 멀어졌다. 얼마 지나지 않아 유혜리는 에이전시를 옮겼고, 재작년인가부터 간간이 방송에 나오기 시작했다. 지금 유혜리는 유명 스타다. 모델 활동뿐만 아니라, 드라마와 영화에도 출연 중이다.

"너랑 닮은 사람이 있기에 설마 너인가 했는데, 맞구나?"

"어, 어. 잘 지냈어?"

이런 차림으로 유혜리를 만나다니, 정말 죽고 싶을 만큼 창피했다.

"요즘 뭐하고 지내? 일 그만뒀다며?"

내 몸을 위아래로 훑는 유혜리의 시선 때문에 온몸이 뜨거워졌다. 이렇게 입고 백화점에 오는 게 아니었다.

"요즘 뭐해?"

내가 대답을 하지 못하자, 유혜리가 재차 물었다.

"그냥, 유학 준비 중이야."

내 입에서 나도 처음 듣는 이야기가 흘러나왔다.

"이쪽 공부는 아니지?"

다시 한 번 유혜리가 내 몸을 훑으며 물었다.

"응?"

"이쪽 일은 아예 그만둔 거지?"

유혜리는 빙빙 돌려 말했다. 유혜리의 말을 직역하면, 설마 그 몸으로 모델 공부 하러 유학 가는 건 아니겠지?였다.

내가 아무 대답도 하지 못하고 있는데, 유혜리를 알아본 사람들이 우리 주위로 몰려들었다. 유혜리는 다음에 보자는 말을 남기고 급하게 자리를 떴다. 유혜리가 인기 스타가 된 게 처음으로 고마웠다.

"우아, 유혜리 맞지? 그렇지?"

유혜리가 가고 나자, 은지가 내 팔을 툭툭 치며 물었다.

"아직도 유혜리랑 연락해?"

"아니, 몇 년 만에 처음 만난 거야."

휴대폰에 유혜리의 번호도 저장되어 있지 않다. 그쪽 일을 그만두면서, 알고 있던 모델들의 번호를 싹 지워 버렸다. 홧김에 한 일이지만, 불편한 점은 없었다. 나도 그들에게 연락할 일이 없었고, 그들 역시 마찬가지인지 저장되어 있지 않은 번호로 전화 한 통 온 적이 없다.

은지는 유혜리가 실물이 훨씬 예쁘다며, 유혜리랑 아는 사이라서 좋겠다고 종알댔다.' 하지만 그건 말도 안 되는 소리다. 내가 갖지 못한 걸 가진 사람을 안다는 건 결코 기쁜 일이 아니다.

더 이상 옷이 눈에 들어오지 않았다. 백화점 곳곳에 있는 거울을 볼 때마다, 초라한 나의 행색을 계속 확인하게 되었다.

"저기, 나 말이야. 지금 집에 좀 들어가 봐야 할 것 같아."

옷을 고르고 있는 은지에게 다가가 말했다.

"왜?"

"사촌 여동생이 아프다고 전화가 왔어. 집에 아무도 없어서 내가 가 봐야 할 것 같아."

은지에게 거짓말을 했다. 여자애에게 전화가 온 적도 없고, 설령 진짜로 여자애가 아프다고 하더라도 당장 달려가지는 않았을 거다.

은지는 걱정스러운 얼굴로 빨리 집에 가 보라고 했다. 난 은지에게 미안하다 말하고 백화점을 빠져나왔다.

백화점 폐점 시간이 얼마 남지 않았지만, 여전히 백화점에 들어가는 사람들이 많았다. 백화점 입구에는 '바캉스 맞이 大 할인'이라고 적혀 있었다. 할인이라는 문구에 자꾸 눈이 갔다. 지금 내게 필요한 할인은 옷이 아니라, 인생이다. 인생도 할인이 되면 얼마나 좋을까? 조금 쉽게 살고 싶은데, 왜 그게 잘 되지 않는 건지 답답하다.

집 앞 편의점에 들러 맥주를 샀다. 예전에는 편의점에서 제일 많이 구입했던 품목이 아메리카노 커피였는데, 이제 맥주로 바뀌었다. 공부를 시작하기 전에는 술을 거의 마시지 않았다. 못 마셔서 그랬던 것보다 살찔까 봐 겁났다. 술을 마시고 싶을 때도 칼로리를 생각하여 꾹 참았다.

현관 비밀번호를 누르고 집 안으로 들어갔다. 거실에 불이 켜져 있지 않아 깜깜했다. 현관 센서등 불빛에 의지해 거실로 들어왔다.

집 안이 조용하다. 겨우 9시인데 여자애는 벌써 자나?

가방만 내려놓고 거실 소파에 앉았다. 거실등을 켤까 했지만 그냥 두었다. 바깥 불빛에 의해 어렴풋이 물건 형체 정도는 보였다.

가방에서 맥주를 꺼냈다. 엄마가 없으니 거실에서 술을 마셔도 괜찮다. 엄마가 집에 있을 때는 방에서 몰래 맥주를 마셨다. 엄마가 걱정할까 봐 캔도 방 쓰레기통에 버리지 못하고, 다음 날 학원 쓰레기통에 버렸다.

맥주 캔을 딴 후, 한 모금 마셨다.

시원하다. 차가운 맥주가 목을 타고 내려가 온몸을 상쾌하게 해 주었다. 하루 동안의 긴장이 풀리는 것 같았다.

　냉장고에서 초콜릿을 꺼내 왔다. 맥주를 다 마신 후, 소파에 몸을 기대어 초콜릿 포장지를 뜯었다. 맥주와 초콜릿은 생각보다 궁합이 좋다. 쓴 맥주를 먹고 난 다음에 먹는 초콜릿은 더욱 달다. 초콜릿을 혀 위에 올려놓고 천천히 녹였다. 초콜릿을 먹으면 기분이 좋아진다.

　음식을 먹으면 전부 다 토해내던 때가 있었다. 살이 찌면 안 된다는 강박관념에 점점 음식을 멀리했고, 어느새 음식 냄새만 맡아도 구역질이 났다. 영양실조에 저혈당까지 겹쳐 일어나지 못하고 침대에 꼼짝없이 누워 있어야 했다. 병원에서 거식증 판정을 받았다. 병원을 다니면서 미음을 먹기 시작했지만, 그것마저도 위는 받아들이지 못했다. 어느 날 길을 지나가는데 아주 달콤한 향기가 났다. 초콜릿 전문점에서 새어 나오는 향기였다. 거리까지 달콤한 초콜릿 향기가 풍겨 나왔다. 무언가에 홀리듯 가게로 들어갔고, 당장 초콜릿을 사서 입에 넣었다. 너무 달콤했다. 세상에 이렇게 달콤한 게 있을 수 있다는 생각에 눈물이 났다.

　그 씁쓸하면서도 달콤한 기억을 떠올리며 눈을 감고 소파에 기대어 있는데, 갑자기 언니 방 문이 열리면서 여자애가 나왔다.

"깜짝이야. 불도 안 켜고 여기에서 뭐하는 거예요?"

여자애가 거실 불을 켜는 바람에 눈이 부셨다.

"언제 왔어요?"

난 아무 대꾸도 하지 않았다. 여자애가 성큼성큼 소파 쪽으로 다가왔다.

"에? 이게 뭐야? 맥주? 알코올 중독이에요? 왜 그렇게 술을 자주 마셔요?"

여자애의 잔소리가 또 시작되었다.

"이건 또 뭐야? 초콜릿 아냐? 세상에, 이게 칼로리가 얼마인 줄이나 알아요?"

여자애가 맥주 캔 옆에 놓인 초콜릿 포장지를 들어 내 눈앞에 들이밀었다.

"아주 갈 데까지 가 보자 그거군요? 살 못 쪄서 한 맺혀 죽은 귀신이라도 붙었어요?"

여자애는 내 옆에 바짝 붙어 앙앙댔다. 난 소파에서 일어나 방을 향해 걸었다. 갑자기 눈앞이 다시 뿌옇게 변했다.

"그만 좀 시끄럽게 굴어."

여자애에게 소리친 후 방으로 들어왔는데 여자애가 방까지 졸졸 따라 들어왔다.

책상 위에는 서랍 속에 있어야 할 여러 가지 물건이 나와 있었다. 수첩에서 나의 옛날 사진들까지.

"너, 내 서랍 뒤졌어?"

여자애는 아무 말도 하지 않고 서 있었다.

"내 서랍 뒤졌냐고?"

"좀 봤어요. 내가 내 것 보는데 뭐 문제 있어요?"

여자애는 고개를 꼿꼿이 쳐든 채, 또박또박 말했다.

"다시는 뒤지지 마. 한 번만 더 그러면 가만 안 둘 거야."

책상 서랍을 열어, 물건들을 다시 집어넣었다.

"계속 그렇게 살 거예요?"

"뭐?"

몸을 돌려 여자애를 쳐다보았다.

"진짜 공무원이 될 생각이에요?"

"그래."

"요즘도 공무원 시험 경쟁률 장난 아니라던데요?"

"그래서?"

여자애가 나를 노려보았다.

"왜 나한테 거짓말했어요? 슈퍼모델 대회에 나갔다면서요? 재작년까지 모델 일도 했고요?"

"다 옛날 이야기야. 지금은 관심 없어."

여자애를 똑바로 쳐다보며 대답했다.

"거짓말 하지 말아요. 난 그쪽을 누구보다 잘 안다고요."

여자애가 새침한 표정으로 나를 쳐다보았다. 급기야 쳇 하고 나를 비웃기까지 했다.

"사람은 다 타고난 게 있어요. 미스 노와 나는, 그러니까 우리는 공부 쪽은 절대 아니잖아요."

여자애가 손가락으로 나를 가리키며 미스 노라고 했다. 며칠 전부터 여자애는 나를 미스 노라고 불렀다.

"나 많이 달라졌거든?"

내 말을 들은 여자애가 입을 비쭉거렸다. 저걸 한 대 콱 쥐어박을까? 그러면 울고 불며 달려들 게 분명하다. 감히 누구 머리를 때리는 거냐며, 여자애는 고래고래 소리를 지를 것이다.

"너, 내가 분명히 말했지. 내 일에 신경 쓰지 마. 내 인생에 끼어들지 말라고."

"내 인생이기도 하잖아요. 그쪽이 곧 나의 미래잖아!"

여자애가 꽥 하고 소리를 질렀다. 여자애는 툭 하면 오리처럼 꽥꽥거린다. 차라리 여자애가 오리였다면 부리라도 꽉 잡아서 입을 다물게 했을 텐데. 나는 옆집에 다 들린다며 조용히 하라고 다그쳤다.

"이건 내가 원했던 미래가 아니에요. 난 아주 멋진 모델이 되어 있을 줄 알았어. 프랑스, 미국, 영국, 세계를 떠돌면서 화려하게 살 줄 알았다고요. 그런데 이게 뭐야? 늘어난 추리닝이나 입고…… 게다가 공무원이 되겠다고요? 책상에 앉아

서 서류에 도장 찍어 주는?"

여자애는 팔짱을 끼고 나를 매섭게 노려보았다.

"그게 뭐? 그게 어때서? 그걸 못해 안달하는 사람들이 얼마나 많은데? 난 이제 모델 일이 지긋지긋해. 모델과 아주 정반대되는 직업을 가질 거야."

나도 여자애에게 지지 않고 말했다.

"네가 뭘 아는데? 내 십 년간의 생활에 대해 네가 알아? 내가 어떻게 살았는지, 어떻게 변했는지 아느냐고. 나도 나름대로 노력했어. 모르면 제발 좀 가만히 있어."

의자에서 벌떡 일어나 여자애를 방 바깥으로 밀어냈다. 여자애가 나가려고 하지 않았지만, 있는 힘껏 여자애를 밀었다. 여자애가 따라 들어오지 못하게 문을 잠갔지만 여자애는 문을 계속 두드리면서 말했다.

"미스 노, 제발 좀 솔직해져요. 진짜로 하고 싶은 건 그게 아니잖아! 모델 일이 싫으면서 옛날 잡지는 왜 안 버린 건데? 스크랩해 놓은 사진들은 왜 안 버린 건데? 간첩 활동 그만해요. 공무원이 되고 싶지도 않으면서 시험 준비 하는 척 하지 말라고요. 그쪽이 공무원 시험 준비 하는 이유를 내가 모를 줄 알아요? 어떤 직업도 갖기 싫은 거야. 그래서 당신이랑 가장 맞지도 않고 되기도 힘든 공무원이 되겠다고 하는 거라고! 당신 지금 너무 너무 불행해 보인다고!"

여자애는 한참을 떠든 후에야 문 앞에서 떠났다. 여자애가 다른 방 쪽으로 걸어가는 소리가 들렸다.

문에 등을 기댄 채 주저앉았다. 갑자기 몸에 한기가 돌았다. 양손으로 팔을 비볐다.

솔직해지라고? 그딴 건 필요 없다. 내 마음에 귀를 귀울이는 일 따위는 내게 아무런 도움도 주지 못한다. 이제는 원하는 것을 다 가질 수 없다는 것쯤은 안다. 세상에는 장난감 가게에 파는 바비 인형과 비교할 수 없을 만큼 갖기 힘든 것들이 더 많다.

여자애를 보고 있으면 불편하다. 내가 저렇게 허황된 생각을 했나 싶기 때문이다. 모델 생활에서 내가 깨달은 건 현실과 이상이 일치하지 않는다는 사실이다. 내가 입은 옷을 보고, 내가 착용한 액세서리를 보고 사람들이 그 물건에 관심을 갖기를 바랐다. 나 정도면 충분히 상품들을 잘 보여 줄 수 있을 것이라고 믿었다. 난 예쁜 아이였다. 175센티미터의 키, 48킬로그램의 몸무게, 긴 다리와 팔, 그리고 뚜렷한 이목구비. 하지만 막상 그 일을 시작하고 보니, 나와 비슷한 사람들은 아주 많았다. 키가 크고 늘씬한 건 당연히 갖추어야 하는 '기본'에 불과했다. 유명 모델이 되기 위해서는 에이전시의 전폭적인 지지와 미디어의 도움이 필요했다. 하지만 스타가 되는 모델은 전체 모델의 1퍼센트도 되지 않았다. 나머지는

'한때 날렸던 모델 출신'이라는 명함 한 장을 손에 넣을 수 있을 뿐, 모델 일로 생활을 하는 건 불가능했다.

같은 에이전시에 소속되어 있던 친구 중에 절반 이상이 이쪽 일을 그만두었다. 휴대폰 가게나 고깃집 앞에서 내레이터 모델을 하는 친구도 있다. 현실의 무대는 파리의 프레타 포르테가 아닌, 성수동 이대갈매 갈비집이었다.

아무것도 모르면서 화만 내는 여자애가 불쌍할 뿐이다.

눈과 관련하여 이렇게 많은 검사 항목이 있는지 몰랐다. 안과에 마지막으로 온 건 십 년도 훨씬 전의 일이다. 초등학생 때 해수욕장에 놀러 갔다가 옮아온 눈병 때문에 이 주일 가까이 안과에 다녔다. 그때는 의사가 눈을 슥 보고 약을 처방해 줬는데, 오늘은 그렇지 않았다. 검사 결과 시력이 정상이었기 때문에 정밀검사를 받아야 했다. 각막 검사부터 시작해 망막 검사, 녹내장 검사, 눈물량 검사, 시기능 검사, 백내장 검사, 안압 검사 등 열 가지 가까운 검사를 했고, 검사 시간만 삼십 분이 넘게 걸렸다. 동공에 직접 기구를 대는 검사가 몇 개 있어 시신경의 감각을 둔하게 하는 안약을 넣었는데, 그 때문인지 눈을 깜박일 때마다 기분이 이상했다. 눈이 마비된 느낌이다. 혹시 누가 나 몰래 내 삶에 그 안약을 잔뜩 뿌린 걸까? 지금의 내 삶도 눈처럼 마비된 것만 같다.

검사가 끝난 후, 병원 대기 의자에 앉아 의사와의 상담을 기다렸다.

"오예슬 씨, 들어오세요."

간호사의 안내를 받아 진료실로 들어갔다. 의사의 표정으로 내 상태를 짐작해 보려고 했지만, 전혀 알 수 없었다. 어느 병원을 가더라도 의사들은 무표정 협정이라도 맺었는지 한결 같이 늘 무표정이다.

"오예슬 씨."

의사가 내 이름을 불렀다. 만약 희귀병이라도 걸린 거면 어쩌지?

"검사 결과, 눈은 아무런 이상이 없어요."

"네?"

정상이라는 말에 안도했지만 이해가 가지 않았다. 나는 안경을 쓰고 싶어 거짓말 하는 초등학생 여자애가 아니다.

"아무래도 심인성 장애로 일시적인 현상 같아요."

"심인성 장애요?"

"스트레스 때문에 그럴 수도 있어요. 가끔 그런 환자들이 있어요. 눈에 문제가 있는 게 아니라, 마음에 문제가 있는 거예요. 시간이 지나면 나아질 거예요."

결국 아무런 약도 처방받지 못한 채 안과를 나왔다. 의사는 스트레스를 다스리는 방법밖에 없다고 했다. 스트레스로

인한 탈모 때문에 고민하던 진선이 떠올랐다. 진선은 안 그래도 돈이 없는데, 탈모 전용 샴푸가 너무 비싸다며 볼멘소리를 했다.

학원에 가기 위해 버스를 탔다. 또다시 앞이 뿌옇다. 눈을 몇 번 깜박거렸지만 그대로다.

다음 정류장을 알리는 방송이 나왔다. 내가 내려야 할 정류장이다. 자리에서 일어서려고 하는데, 몸이 움직이지 않았다. 내리지 않고 그냥 버스를 타고 가면 어떨까 하는 충동이 인다. 매일 학원 앞에서 내릴 때마다 드는 생각이다.

버스가 정차했고 사람들이 하나 둘 내리기 시작했다. 엉덩이가 의자에 붙어 떨어지지 않았다. 문 앞에 마지막으로 서 있던 사람이 버스카드를 찍었다. 지금이라도 일어서서 내리려는 제스처를 취해야 하지만, 몸이 움직이지 않았다. 마지막에 서 있던 여자가 버스 계단을 내려갔고, 버스 문이 서서히 닫히고 있었다. 버스는 아직 출발하지 않고 있다. 가슴이 쿵쿵 뛰었다. 지금이라도 손을 들고, "내려요!" 하고 말해야 하지만 손이 올라가질 않았다. 결국 버스는 출발했고, 버스는 학원 앞을 지나쳤다. 떨리던 가슴이 조금씩 진정되고 있었다. 마치 내가 소설 「운수 좋은 날」의 김첨지가 된 기분이다.

오늘 하루쯤 학원 수업을 듣지 않아도 될 것이다. 설마 오늘 수업을 빠졌다고 붙을 시험에서 떨어지지는 않을 테니까.

버스 창밖으로 시선을 돌렸다. 거리에는 사람들이 많았다. 바쁘게 뛰어가는 사람, 가만히 서서 여기저기 둘러보는 사람, 휴대폰을 보면서 천천히 걷는 사람. 그나저나 여기저기 온통 학원 건물이다. 10층 내외의 건물들이 다닥다닥 붙어 있다. 보기만 해도 답답하다. 학원가를 빠져나오니, 다른 건물들이 눈에 띄었다. 미용실도 있고, 도너츠 가게도 있고, 전자 제품 AS센터도 있다.

버스에서 창밖을 구경하는 일은 생각보다 재밌다. 꼭 외국 여행을 온 것 같다. 날마다 버스를 타지만 창밖을 구경한 적은 거의 없다. 늘 목적지에 언제 도착할까만을 생각했다.

이 버스는 어디로 가는 걸까? 휴대폰으로 내가 타고 있는 버스의 노선도를 검색해 보았다. 선유도를 거쳐, 양평, 목동에 간 후 다시 학원으로 돌아오는구나. 하지만 학원에 다시 들어가고 싶은 마음은 없다.

잠시 후, 선유도라는 안내 방송이 나왔다. 난 허겁지겁 버스에서 내렸다.

이곳에는 처음 와 본다. 같은 서울이라도 이 근처에 살지 않아 올 기회가 없었다. 선유도 공원이라는 안내판을 따라 걸었다.

날씨가 더웠음에도 불구하고 공원에는 사람들이 꽤 많았다. 방학이라 놀러 온 대학생들이 종종 보였고, 대부분은 동네 주민인지 편안한 차림의 사람들이 많았다.

난 그늘진 곳에 있는 벤치를 찾아 앉았다.

옆 벤치에 앉은 대학생 커플이 샌드위치를 먹고 있었다. 스무 살? 아니면 스물한 살? 나보다 한참 어려 보였다. 서로 한 입씩 먹여 주며 꺄르르 웃으며 좋아한다. 샌드위치 한 입 먹고, 뽀뽀 한 번 하고, 또 한 입 먹고, 뽀뽀 한 번 하고. 아마 저들은 이제 남은 샌드위치가 얼마 되지 않아 아쉬울 것이다.

점심을 먹은 지 얼마 지나지 않았지만 음식을 먹고 있는 사람들을 보니 배가 고팠다. 근처에 있는 매점에 가 보려고 일어서는데, 휴대폰이 진동했다.

휴대폰을 꺼내서 보니 진선에게 온 문자였다. 벌써 쉬는 시간인가 보다. 진선은 왜 학원에 오지 않았느냐고 물었다. 난 몸이 좋지 않다고 답장을 보냈다. 진선은 여름 감기가 더 무섭다며, 건강 관리 잘 하라고 문자를 보냈다.

매점에서 참치 샌드위치와 콜라를 산 후 벤치로 돌아왔다. 어린 대학생 커플은 다른 곳으로 가 버렸는지 보이지 않았다.

샌드위치 포장을 뜯었다. 먼저 콜라를 한 모금 마신 후, 샌드위치를 먹었다. 생각만큼 맛이 좋지 않다. 아까 그 커플처럼 집에서 만든 게 아니어서 그런 건지, 혼자 먹어서 그런 건지 잘 모르겠다. 반만 먹고, 나머지 반은 다시 포장하여 벤치 옆에 놔두었다.

바람이 살랑살랑 불었다. 그늘에 앉아 있으니 크게 덥지 않았다. 벤치에 등을 기대는 순간 머리가 핑 돌았다. 정신을 못 차릴 정도로 어지럽다. 이젠 정말이지 어지럼증이 지겹기만 하다. 앞이 잘 보이지 않을 때마다 머리가 어지러웠다. 벌칙을 받는 것도 아닌데, 어린아이들처럼 코끼리 코를 하고 나 혼자만 계속 빙글빙글 돌고 있는 것 같다.

차가운 콜라를 마시면 좀 나아질까 싶어 콜라를 벌컥벌컥 들이마셨다. 그런데 갑자기 속에서 울컥하고 무언가가 치밀어 올랐다. 목이 메었고, 머리가 뜨거웠고, 울음이 터져 나왔다. 참으려고 했지만 쉽지가 않았다. 입 안에 든 콜라를 다 뱉어냈다.

눈물이 쉴 새 없이 흘렀고, 지나가는 사람들이 흘끔거리며 나를 쳐다봤다.

도대체 어디서부터 잘못된 걸까? 언제부터 어긋나기 시작한 걸까? 모델 일을 그만두면서? 아니면 모델 일을 꿈꾸면서부터? 여자애는 내 얼굴만 보면, "당신 왜 그렇게 살아요?"라고 퍼부어 댔다. 하지만 나도 내가 이렇게 살고 있을지 몰랐다.

캐스팅이 되지 않으면 않을수록 음식을 더 먹지 않았다. 세상에서 가장 마른 모델이 되면, 반드시 메인 모델로 캐스팅될 줄 알았다. 처음에는 살을 빼기 위해 먹은 음식을 일부러 토해냈지만, 점차 그 일은 습관이 되어 갔다. 먹고 토하고, 먹고 토하고. 목구멍은 손가락이 낸 상처로 인해 늘 부어 있었고, 위벽은 완전히 헐어 버렸다. 내 꿈이 나를 절벽 끝으로 몰았다. 의사는 내 상태가 무척 위험하다고 했고, 오랫동안 나를 지지하던 엄마도 고개를 저었다. 무엇보다 내가 너무 힘들었다. 몸뿐만이 아니라 마음도 야위어 갔다. 내 노력을 아무도 인정해 주지 않았다. 일 년에 한 번 무대에 서는 것도 힘들었다. 내가 선택할 수 있는 일은 많지 않았다. 들러리 역할을 계속하거나, 그곳을 떠나거나 그 두 가지뿐이었다. 하지만 둘 다 내가 원한 것은 아니었다. 나쁜 생각을, 아주 여러 번 했다. 유명 연예인들의 자살 소식을 들었을 때, '저 사람들은 편하겠다.'라는 생각이 들었다. 나도 모르게 그들처럼 죽으려는 시도를 몇 번 했다.

그 일을 계속하면 정말 죽을 것 같았다. 비겁하게 도망친 건 나다. 꿈에서도, 민준에게서도. 일을 그만두고 여섯 달 동안 병원 치료를 받으면서 아무 일도 하지 않고 집에만 있었다. 민준이 전화를 해도 받지 않았고, 집으로 찾아와도 만나지 않았다. 모진 말을 퍼부어 대며 민준을 밀어냈다. 민준의 옆에 서 있기에 나는 너무 초라했다.

치료가 끝날 때 즈음, 공무원 시험을 보겠다고 식구들에게 선언했다. 내가 간절히 원했던 그쪽은 쳐다보지도 않았다.

하지만 죽을 것 같은 그 마음은 착각이었을까? 몸은 편해졌지만 마음은 여전히 힘들다. 애써 모른 척하면 할수록 자꾸 그때가 그립기만 하다. 멀리 도망쳤다고 생각했는데, 그 녀석이 계속 나를 따라와 자꾸 내 곁에서 얼쩡거린다.

다른 사람은 다 속여도, '나'는 속일 수가 없다. 더 이상 도망칠 수 없을 것 같다. 아니, 이젠 도망치고 싶지 않다.

5. 17세 오예슬

I'm a model

책상 서랍 사건 이후로 미스 노는 며칠째 내게 말도 하지 않고 있다. 내가 먼저 말을 걸기도 뭐해, 나도 말을 시키지 않았다. 미스 노는 학원 수업이 없는지, 요새 학원도 가지 않고 하루 종일 방에만 처박혀 있다. 식사 시간이 되어도 나오지 않았다. 미스 노가 아픈 게 아닌가 싶었지만, 잠깐 마주칠 때 보니 그런 것 같지는 않았다.

아침으로 야채 샐러드를 먹으면서 컴퓨터를 하고 있는데, 갑자기 방문이 휙 열리면서 미스 노가 들어왔다. 오예진 방에 무엇을 찾으러 왔나 보다. 난 미스 노를 흘끔 쳐다보고, 다시 시선을 컴퓨터 쪽으로 돌렸다. 미스 노와 부딪치고 싶지 않다.

그런데 미스 노는 아무것도 하지 않은 채 한참 동안 방 문 앞에 가만히 서 있었다. 고개를 돌리지 않은 채, 미스 노 쪽으로 눈만 돌렸다. 놀랍게도 미스 노가 나를 쳐다보고 있었다. 설마 나를 이 집에서 쫓아내려고 하는 걸까? 난 아무렇지 않은 척하며, 마우스를 클릭하여 아무 창이나 열었다.

"너 좀 따라 나와 봐."

미스 노가 컴퓨터 책상 옆에 바짝 붙어 섰다. 난 미스 노의 말을 못 들은 척했다. 여기에서 나가면 나는 갈 곳이 없다.

"내 말, 안 들려?"

드디어 올 게 왔다. 잔인한 미스 노 같으니.

"싫어요. 나 못 나가요! 여기, 우리 집이기도 하잖아. 내가 왜 나가야 해?"

나는 침대 위로 벌러덩 누웠다. 이 상태로 조금도 움직이지 않을 것이다.

"난 뭐 여기 있고 싶어서 있는 줄 알아요? 나도 돌아가고 싶다고! 여기 재미 하나도 없다고. 그런데 방법을 모르는 걸 어떡해요? 나 안 나가! 못 나가!"

침대에 바짝 붙어 고래고래 소리를 질렀다.

"너, 무슨 소리 하는 거니? 누가 나가래?"

미스 노가 이해할 수 없다는 눈으로 나를 쳐다보았다. 나를 쫓아내려는 게 아닌가.

"근데 왜 따라 나오라는 거예요?"

침대에서 몸을 일으켜 앉았다.

"사진을 좀 찍어야 해. 프로필 사진이 필요하거든."

"사진이요?"

미스 노가 고개를 끄덕였다.

"내 사진이 필요하다는 거예요?"

"그래."

미스 노는 덧붙여 동영상도 좀 찍어야 한다고 했다.

"왜요? 왜 내가 찍어야 하는 건데요?"

"하여튼 좀 필요해서 그래."

미스 노가 성의없게 대답했다.

"싫어요."

"뭐?"

"싫다고요. 어디에 쓰는지도 모르는 걸 내가 왜 찍어야 하는데요?"

미스 노가 입술을 잘근잘근 씹으며 나를 노려봤다.

"왜 필요한지 알려 줘요. 그러면 찍을 테니까."

미스 노는 입을 꾹 다문 채 내 앞을 왔다 갔다 했다. 미스 노의 태도가 마음에 들지 않아 나는 침대 위에 도로 누웠다.

"모델 대회가 있어. 거기에 낼 거야. 지금 내 모습은, 조금 곤란하잖아."

"뭐라고요? 모델 대회? 미스 노가 대회를 나간다고요?"

반사적으로 몸이 튀어 올랐다. 어느새 나는 미스 노와 나란히 서 있었다.

"다음 달에 청바지 모델 선발대회가 있어. 거기에 나가 볼까 해."

미스 노가 뜸을 들이며 말했다.

"JW 인터내셔널에서 주최하는 거 말이에요?"

"그걸 네가 어떻게 알아?"

"광고를 그렇게 많이 하는데 어떻게 모를 수가 있어요?"

외국의 유명 청바지 브랜드가 국내에 처음으로 출시된다. 회사에서는 일반인들을 대상으로 청바지 모델을 열겠다고 했다. 청바지가 잘 어울리는 이십 대 건강한 이미지의 여성 모델을 뽑는다며, 텔레비전과 인터넷 배너를 통해 연일 광고 중이다. 나도 그 광고를 몇 번이나 봤다.

"미스 노가 그 대회에 나간다고요?"

"그래."

"갑자기 왜요? 모델 일은 죽어도 다시 안 할 거라면서요? 공무원처럼 좋은 직업이 없다면서요? 왜? 시험에 떨어지셨나?"

난 잔뜩 비꼬면서 말했다.

"그래. 떨어졌어."

미스 노가 담담한 목소리로 대답했다. 그 말을 들으니 조금 미안한 마음이 들었다. 하지만 미스 노가 조금 괘씸했다.

"모델 일이 그렇게 만만해요? 공무원 될 가망없으니까 다시 해 보겠다는 거야? 그런 마음으로 절대 성공 못해요."

"알아. 시험에 떨어져서 모델 대회에 나가겠다는 게 아니야."

"그러면요?"

미스 노는 아무 대답도 하지 않고 나를 가만히 쳐다보았다. 미스 노의 눈에서 진심 같은 게 느껴졌다. 어쩌면 미스 노는 그동안 마녀의 저주에 걸려 있었는지도 모른다. 그래서 살이 찌고, 공무원이 되겠다는 황당무계한 생각을 한 게 분명하다. 빛나는 나의 존재가 마녀의 저주를 푼 것이다.

"그러니까 서류 심사에 필요한 미스 노의 사진과 동영상을 내가 미스 노인 척하고 대신 찍으라는 거죠? 대회는 그쪽이 나가고?"

미스 노가 그렇다고 고개를 끄덕였다.

"지금 내 모습으론 서류 심사도 어려울 거야. 일반인을 대상으로 한다고 하지만 지금 활동 중인 모델들도 꽤 많이 지원했거든."

"하긴, 지금 미스 노 몸매라면 당연히 예선 탈락이에요. 건강한 거랑 살찐 거는 다르다고요. 미스 노 몸매, 형편 없어요.

모델 했던 거 맞아요? 몸에 군살이 너무 많고 탄력도 없어요. 적어도 나 정도는 되야지."

미스 노 몸매에 대해 하나하나 지적했다. 엉덩이는 처졌고, 어깨는 구부정하고, 배까지 나왔다.

"그러니까 너보고 대신 찍어 달라는 거잖아."

미스 노가 내 말을 자르며 말했다.

"지금 나한테 부탁하는 거예요?"

"뭐 비슷해."

미스 노가 팔짱을 낀 채 대답했다. 부탁하는 사람의 자세치고, 미스 노는 너무 거만하다.

"서류 심사에 통과해도 지금 몸으로는 힘들다는 거 몰라요? 모델 하기엔 몸에 탄력이 하나도 없어 보여요. 군살이 주렁주렁. 내 덕에 예선을 통과한다 해도 본선 나가면 망신만 엄청 당할 걸요?"

미스 노의 태도가 기분 나빠, 나도 쌀쌀맞게 받아쳤다.

"걱정 마. 다이어트 할 거야. 본선은 이대로 나가지 않을 거라고."

미스 노가 고개를 꼿꼿이 들고 대답했다.

미스 노의 입에서 다이어트라는 단어가 나오다니, 지금 이 상황은 꿈일까? 내가 다이어트를 하라고 수십 번 말했지만, 미스 노는 들은 체 만 체했다. 미스 노가 보지 못하게 오른손으로 왼쪽 팔뚝을 꼬집었다. 아프다. 꿈이 아닌 게 분명하다. 혹시 미스 노가 나에게 장난을 치는 걸까? 그러기엔 미스 노의 표정은 진지하기만 하다.

"진짜 다이어트할 거예요?"

"그렇다니깐."

난 가만히 미스 노를 쳐다보았다.

"좋아요. 프로필 사진 대신 찍어 줄게요."

내 말에 미스 노의 입꼬리가 살짝 올라갔다. 웃고 싶은 걸 간신히 참고 있는 게 분명하다.

"대신 조건이 있어요."

"조건?"

미스 노가 인상을 썼다.

"내가 미스 노의 다이어트 트레이너를 맡을 거예요."

"뭐라고?"

"다이어트 하는 거, 내가 도울게요. 어찌됐거나 내 일이기도 하잖아요."

"됐어. 나 혼자 할 거야. 네 도움 따위 필요 없어."

미스 노가 단칼에 나의 제안을 거절했다. 속이 부글부글 끓어올랐다. 미스 노와 이야기를 하다 보면 기분 나쁜 일이 자주 생긴다. 미스 노는 다른 사람의 기분은 상관하지 않고 제 기분에 따라 말을 서슴없이 한다. 혹시 나도 그런가? 나와 이야기를 했던 사람들도 내가 재수 없다고 느꼈을까? 거울을 보는 건 기분 좋은 일만은 아닌 것 같다. 내가 인정하고 싶지 않은 나의 못생긴 부분을 그대로 봐야 한다.

"그럼 난 서류 심사에서도 도와줄 수 없어요."

"뭐?"

"선택해요. 내 사진을 이용해 서류 심사에 통과할지, 아니면 그쪽 사진을 내서 서류에서부터 똑 떨어질지."

나는 '똑'이라는 단어에 힘을 주어 말했다. 미스 노가 나를 째려보았다. 나는 아쉬운 것 하나 없다는 표정으로 미스 노를 쳐다보았다.

미스 노가 아무 대답도 하지 않은 채 가만히 서 있었다. 혹시 이러다가 미스 노가 그냥 없었던 일로 하자고 하면 어쩌지? 너무 튕기다가는 그대로 미스 노의 마음 밖으로 튕겨나가는 수가 있다. 하지만 애써 아무렇지 않은 표정을 지었다. 미스 노에게 밀릴 수는 없다.

"알았어."

한참 생각을 하던 미스 노가 드디어 대답했다. 아싸! 하고 소리 지르고 싶었지만, 티를 내서는 안 된다.

"대회 신청이 언제까지예요?"

"오늘 5시가 마감이야."

시계를 보았다. 11시가 조금 넘어가고 있었다.

"빨리 준비해요. 이러다 늦겠어요."

나는 얼른 욕실로 달려가 세수를 다시 했다. 그리고 화장품을 꼼꼼히 발랐다. 미스 노는 나갈 준비를 다 했는지 침대에 앉아 나를 가만히 쳐다보았다.

"외출 준비 다 했어요. 어디를 먼저 가야 하죠?"

"백화점. 사진 찍을 때 입을 옷이 필요해. 지금 그 핫팬츠 차림은 곤란하다고."

미스 노가 내 다리를 가리키며 말했다.

미스 노와 함께 지하철을 타고 집에서 가장 가까운 백화점에 왔다. 서류 심사에 낼 사진을 찍기 위해서는 청바지가 필요했다. 미스 노가 가지고 있던 것을 입을까 했지만, 이상하게도 나에게 크기가 조금 작았다.

백화점의 외양은 별로 달라지지 않은 것 같은데, 내부는 완전히 바뀌었다. 인테리어가 아주 많이 바뀌었다. 가장 신기한 건, 입구에 서 있는 안내 로봇이다. 로봇 앞에 서서 관심 품목인 '청바지 의류'를 체크하니, 순식간에 화면이 내 몸을 스캔했다. 나에게 가장 잘 어울리는 브랜드 세 군데의 청바지를 입은 내 사진이 프린트되어 나왔다.

미스 노와 함께 안내 로봇이 추천한 브랜드 코너로 갔다. 쇼핑하러 오니 기분이 좋다. 난 쇼핑할 때가 가장 행복하다.

이곳에서 나는 더욱 주목받는다. 내가 옷을 갈아 입을 때마다, 쇼핑 온 사람들은 부러운 듯 나를 쳐다봤다. 만약 다른 사람이 입어 보고 있는 옷을 내가 입으면, 백발백중 그 사람은 자기가 입고 있는 옷을 사지 않았다.

이것저것 입어 보고 싶은 옷이 많지만 오늘은 참아야 한다. 지금은 나를 위한 게 아니라, 미스 노를 위해 온 거니까. 미스 노는 오늘 산 청바지가 맞을 때까지 다이어트를 하겠다고 나에게 약속했다.

입구에서 받은 사진을 점원에게 내밀었더니, 점원이 청바지 몇 벌을 가져다주었다. 점원은 이 청바지들은 아무나 못 입는 거라며 내 몸매가 좋다고 칭찬했다. 옷을 사러 오면 으레 있는 일이다. 점원은 미스 노에게는 별다른 말을 건네지 않았다.

점원이 건네준 청바지 중 하나를 골라 탈의실로 들어갔다. 바지를 입었는데, 맞춘 것처럼 길이도 허리 사이즈도 꼭 맞았다.

청바지를 입고 나와 거울을 봤다.

"어머 손님, 정말 잘 어울리세요. 이렇게 잘 어울리는 사람은 처음이에요. 키가 크셔서 수선도 필요 없겠어요."

점원이 계속 나를 칭찬했다. 아마 반이 진심이고, 나머지 반은 옷을 팔기 위한 마음에서 하는 말일 것이다. 듣기 나쁘지는 않았다.

미스 노 역시 옷을 고르다 말고 나를 쳐다봤다. 내가 정녕 저런 몸을 가진 적이 있었나 하는 눈빛이다.

"이 옷 어때요?"

미스 노에게 다가가 물었다. 미스 노는 그럭저럭 괜찮다고 했다.

"그런데 너무 작은 것 같은데? 한 치수 큰 걸로 사."

미스 노 얼굴에 근심이 가득했다. 이 옷이 몸에 맞을 때까지 다이어트를 해야 하기 때문이다.

"서류 통과 하면 뭐해요? 이 정도가 안 되면 본선에 나가도 소용없다고요."

내 말에 미스 노가 한숨을 쉬었다.

"살 뺄 수 있어요. 이거, 예전의 그쪽 몸이잖아요."

난 내 몸을 가리키며 말했다. 그러니까 꼭 내가 진짜 오예슬의 대용품이 된 것 같았다.

다른 청바지 브랜드를 몇 군데 더 둘러본 뒤 미스 노가 가장 마음에 드는 것으로 한 벌 골랐다. 펄이 살짝 뿌려져 있는 그레이 진으로 여름과 아주 잘 어울렸다.

쇼핑을 더 하고 싶었지만, 스튜디오에 가서 촬영을 해야 하기 때문에 시간이 별로 없었다.

백화점을 나가려는데 미스 노가 나를 데리고 지하 1층으로 갔다. 그곳에는 푸드 코너가 있었다.

"여기 핫바 맛있어. 사 줄게, 먹고 가자."

미스 노가 나를 보고 생긋 웃었다. 우리가 만난 이후, 나에게 처음 지어 보이는 미소였다. 하지만 난 그 미소를 받아들일 수 없었다.

"이 청바지 안 입을 거예요?"

난 쇼핑백을 가리키며 물었다.

"핫바도 하나 내 마음대로 못 먹니?"

나는 대답 대신, 쇼핑백을 미스 노 눈앞에다 대고 흔들었다. 이 청바지를 입기 위해서는 지금부터 당장 다이어트를 해야 한다.

"어차피 점심 먹어야 하잖아."

"그거 기름에 튀긴 거잖아요. 약속했잖아요. 삼 주 동안 내가 시키는 대로 할 거라고."

난 미스 노의 등을 떠밀었다. 생과일 주스코너로 가서 토마토 주스를 두 잔 주문했다. 물론 시럽을 빼 달라는 부탁을 잊지 않았다.

"점심은 이거 한 잔이면 돼요."

미스 노는 불만이 가득한 얼굴이었지만, 곧 내가 내민 주스 잔을 받아들었다.

"고마워요."

난 미스 노를 보고 씩 웃었다. 하지만 미스 노는 고개를 홱 돌리면서 한마디 했다.

"네가 아니라, 나를 위해서야."

하여튼 오예슬, 절대 지지 않는다.

원서 마감 마지막 날이라 그런지, 접수처는 꽤 붐볐다. 접수처에서는 내게 잠시 기다리라고 했다. 서류는 이미 인터넷으로 제출했지만 프린트된 사진은 따로 접수처에 내야 한다. 미스 노는 퀵서비스를 이용하자고 했지만, 난 내 손으로 직접 접수 시키고 싶었다.

혼자 기다리려니 심심하다. 미스 노는 학원비와 독서실 입실료를 환불 받으러 노량진에 갔다. 다이어트를 하기 위해서는 돈이 필요하다.

조금 전 스튜디오에서 찍은 사진을 꺼내 보았다. 내가 봐도 내 몸매는 완벽하다. 전문 프로필 스튜디오에서 사진을 찍어 본 건 처음이다. 두 시간 가까이 촬영했지만 하나도 힘들지 않았다.

서류 심사에는 증명사진, 몸 전체가 나온 사진, 상반신 사진, 하반신 사진으로 총 넉 장의 사진과 일 분짜리 3D 동영상을 제출한다. 사진으로만 봐서는 부족하기 때문에 대부분의 서류 심사에서 동영상 파일을 요구한다고 했다.

증명사진은 예전의 미스 노가 찍어 두었던 것으로 사용했고, 몸이 드러나는 사진과 동영상을 내가 찍었다. 증명사진도 내 모습으로 다시 찍을까 하다가, 그러면 미스 노가 아니라는 게 티가 날 것 같아 증명사진은 미스 노의 것으로 내기로 했다. 다행히 미스 노와 내 얼굴이 거의 똑같았기 때문에 몸매가 드러난 사진도 미스 노가 찍은 것처럼 보였다.

잠시 후 '우리의' 원서를 접수할 차례가 되었다. 기다리다 보니 마감 시간인 오후 5시가 넘었다. 접수처에서는 5시 이전에 접수처 건물 안에 들어온 사람들 것까지 받아 주었다. 내 뒤에도 서른 명 가까이 되는 사람들이 기다리고 있었다. 반 이상이 퀵서비스 아저씨였지만, 나처럼 직접 온 사람도 더러 보였다. 나 못지않은 몸매의 소유자들을 보니 아주 조금 기가 죽었다. 하지만 그럴수록 가슴을 더 활짝 펴야 한다.

"본인이시죠?"

접수처의 남자 직원은 인터넷으로 제출된 사진과 프린트된 사진이 동일한지 체크하면서 물었다.

"아니요. 저희 언니 대신 내러 왔어요. 언니랑 닮았다는 이야기 많이 들어요."

직원은 사진을 한 번 보고, 고개를 들어 나를 한 번 보는 식으로 여러 번 확인했다. 사진 속의 인물이 나라는 게 티가 너무 많이 났나?

"꼭 쌍둥이 같네요."

"사람들이 다들 그래요."

나는 애써 웃으며 대답했다. 아까 스튜디오에서도 지겹게 그 말을 들었다.

"지원자가 많은가 봐요?"

"만 명 정도 접수된 것 같네요. 저희도 이렇게까지 많을 줄 몰랐어요. 그런데 직접 지원하셔도 괜찮을 텐데. 자매가 같이 해도 좋잖아요."

남자가 내 몸을 위아래로 훑어보며 말했다.

"전 다른 일이 있어서요."

"아쉽네요."

남자 직원이 내게 미소를 날렸다. 남자의 호의가 거북했지만 나도 같이 미소를 지었다. 혹시 남자가 내 서류를 일부러 잘못 분류할까 걱정되어서다.

사진이 접수된 것을 확인한 후, 직원에게 인사를 하고 접수처에서 나왔다.

접수대 근처에 붙은 공고를 보니, 1차 서류 심사로 본선대회 진출자 백 명을 선발한다고 적혀 있다. 만 명 중에 백 명이면, 100대 1이다. 높은 상금과 일 년간 전속 모델의 기회 때문인지 경쟁률이 어마어마하다. 어쩌면 서류 심사도 통과하지 못할 수도 있다. 빨리 내가 있던 곳으로 돌아가고 싶지만,

다가올 나의 미래를 엉망진창인 채로 놔둘 수가 없다. 이건 '나'의 마지막 기회다.

미스 노는 나만 보면, 미워 죽겠다는 표정을 지었다. 나도 마찬가지다. 나는 미스 노도 밉고, 이 상황도 싫다. 내가 꿈꾸던 건 하나도 이루어지지 않았고, 나의 미래는 너무 누추하기만 하다. 처음에는 나야 원래대로 돌아가 버리면 그만이라고 생각했다. 하지만 지금 이 상황을 바꾸지 못한다면, 나 역시 미스 노처럼 살 수밖에 없다. 나의 미래는 내가 바꾸고 말 것이다.

원서를 접수하고 집에 돌아오니 주변이 어둑어둑해지고 있었다. 여름날의 저녁 7시는 밝지도, 어둡지도 않은 애매한 시간이다. 아파트 입구로 들어가려고 하는데, 누군가 "복실아!"라고 외치는 소리가 들렸다. 고개를 돌려보니, 옆집 할머니였다. 할머니는 벤치에 앉아 얼른 오라며 내게 손짓했다. 모르는 척하고 그대로 아파트 현관으로 들어가려고 했지만, 할머니는 아주 큰 소리로 "오예슬!"이라고 외쳤다.

"할머니, 제가 누군지 아세요?"

할머니 옆에 앉았다.

"약국집 큰딸 아니냐. 오예진."

이 할머니, 진짜 정신이 오락가락하나 보다. 그런데 기분이 너무 나쁘다. 어떻게 나를 오예진과 착각할 수 있을까? 나와 오예진은 조금도 닮지 않았다. 어디 가서 오예진과 내가 자매라고 말하면 사람들은 거짓말 하지 말라고 했다. 내가 이목구비가 뚜렷한 서양풍의 조각 미녀라면, 오예진은 찐빵이 사람 흉내를 내고 있는 것처럼 생겼다. 그리고 우린 체형도 다르다. 오예진은 나보다 키가 10센티미터도 더 작았고, 몸무게는 나보다 10킬로그램은 더 나갔다.

"여기서 뭐하세요? 아줌마가 찾으시잖아요?"

"내가 집도 혼자 못 찾아갈 줄 알고? 우리 집 저기야. 나 혼자서도 찾아갈 수 있다고!"

할머니가 손가락으로 아파트를 가리키며 말했다. 아마 멀리는 나가지 않으시나 보다.

할머니를 보고 있으니, 아주 조금은 다행이라는 생각이 들었다. 만약 내가 온 이곳이 십 년 뒤가 아닌 오십 년 뒤였다면 어쩔 뻔했을까? 할머니처럼 치매 걸린 '나'는 도저히 어떻게 해 볼 수가 없을 것이다.

"나, 네 동생 봤다."

"제 동생이요?"

"그래, 네 날라리 동생."

"걔 날라리 아니거든요?"

내가 반박했지만 할머니는 날라리가 맞다고 우겼다. 아무래도 난 할머니에게 영원한 날라리로 기억될 것 같다.

"모델인지 탤런트인지 한다고 지 엄마 속 바글바글 썩게 하더니만."

"네?"

"에이전시에 갖다 준 돈만 해도 그게 얼마야? 그래도 정신 차려서 모델 일 그만두겠다고 하니까 다행이지."

할머니가 무슨 말을 하는 거지? 에이전시는 또 뭐고, 돈은 또 뭐란 말인가. 정신이 오락가락 하는 분이니 그 말이 맞다는 보장도 없었다.

"제 동생이 지금 뭐하는지는 아세요?"

할머니가 잠깐 정신이 돌아온 건지 테스트하기 위해 물었다.

"공무원 시험인가 준비하잖느냐. 내가 그걸 모를까 봐?"

뒤죽박죽이긴 하지만, 기억력은 제대로인 것 같았다.

"에이전시에 돈을 가져다 줬다니, 그게 무슨 말씀이세요?"

할머니에게 자세한 대답을 듣고 싶었지만, 할머니는 내 질문을 듣는 둥 마는 둥 하면서 주머니를 뒤적거렸다.

"먹으련?"

할머니의 손바닥 위에는 자두맛 사탕이 있었다. 할머니는 나에게 사탕 한 개를 건네주었다.

사탕 봉지를 찢어 입안에 털어 넣었다.

달다.

어렸을 때 이 사탕을 먹었던 기억이 난다. 군것질은 금지지만 오늘은 예외다. 딱 한 개만 먹을 거다. 저녁 때라서 배도 조금 고팠다.

"그나마 너라도 잘됐으니 얼마나 다행이냐? 난 네가 더 잘될 줄 알았다. 네 엄마가 너 아니었으면 어쩔 뻔했어? 네 동생은 요즘 그게 뭐냐? 차라리 옛날에는 얼굴이라도 예뻤지."

할머니가 쩝쩝 소리를 내면서 말했다. 이건 오예슬의 굴욕이다. 오예슬이 어쩌다 망나니 딸이 된 거지? 엄마를 웃게 하는 건 오예진이 아니라 나, 오예슬이다. 오예진이 주목을 받는 건, 어쩌다 한 번 시험 성적이 잘 나올 때뿐이었다. 그에 비해 나는 약국집 예쁜 딸로 동네에서 유명했다. 초등학교 3학년 때 예쁜 어린이 선발대회에서 1등을 한 이후로 우리 동네에서 나를 모르는 사람은 없었다. 나 때문에 우리 약국에 오는 손님도 많았다. 그런데 지금은 이게 뭐야? 오예슬에 대해 변명이라도 하고 싶었지만 딱히 할 말이 없었다.

"치, 할머니도 많이 변했어요. 예전에는 얼마나 고왔는데요? 염색도 꼭꼭 하시고. 하지만 지금은 이게 뭐예요."

난 할머니의 하얀 머리를 가리키며 말했다. 내 말을 알아들었는지 할머니는 쳇 하며 자기 머리를 두어번 만졌다.

"아휴, 덥다. 이제 그만 들어가자."

사탕을 다 먹었을 때 즈음, 할머니가 벤치에서 일어났다.

"근데 넌 왜 미국이 아니라 여기에 있는 거냐?"

내가 잠깐 나왔다고 말하려고 하는데 할머니는 날 두고 앞으로 성큼성큼 걸어갔다. 할머니를 따라 나도 벤치에서 일어서려는데, 갑자기 할머니가 뒤돌아서서 내게 다가왔다. 할머니가 주머니에서 사탕을 꺼냈다.

"자, 이건 네 동생 가져다줘라."

이번엔 두 개였다. 난 할머니가 주는 사탕을 받아 가방에 넣었다.

벤치에 앉아 할머니가 아파트 입구로 들어가는 것을 지켜보고 있는데, 미스 노가 내 옆에 앉았다. 지금 집에 오는 길인가 보다.

"몇 명 정도나 접수했대?"

미스 노는 얼굴에 부채를 부치며 물었다. 저녁 8시가 다 되었는데도 더위는 사그라들지 않았다.

"접수처에서 최종 만이천 명 정도 될 거라고 하던데요?"

"만만치 않네."

미스 노의 목소리가 기어 들어갔다. 마음 같아서는 내가 미스 노로 가장해 대회까지 출전하고 싶다. 하지만 그건 말도 안 된다. 미스 노가 아무리 '나' 이긴 하지만 내가 미스 노로 살아줄 수는 없다.

"약한 모습 보이지 마요. 삼 주 동안 열심히 하면, 다시 예전으로 돌아갈 수 있어요. 내가 옆에서 도와줄게요."

"어쩌면 소용없을지도 몰라."

미스 노는 땅바닥에 시선을 고정한 채 말했다. 나 혼자 사진 접수를 하러 간 건 백번 잘한 일 같다. 접수를 하러 온 다른 모델들을 봤다면 아예 미스 노는 대회 출전을 포기했을지도 모른다.

"아뇨. 미스 노는, 그러니까 우리는 분명히 할 수 있을 거예요."

난 강한 어조로 말했다.

"대회, 나갈 거죠?"

한참 뒤, 미스 노가 천천히 고개를 끄덕였다.

"고마워요."

그 말을 하고 나는 미스 노를 와락 안았다. 기분이 이상하다. 따뜻하고, 또 따뜻한 느낌. 더운 여름이지만 이 기분이 싫지만은 않다.

"더워. 저리 가."

하지만 미스 노가 나를 매몰차게 떼어냈다.

집으로 들어오기 전, 다이어트에 필요한 것을 사기 위해 아파트 단지 내에 있는 슈퍼에 왔다. 내가 장바구니에 양상추, 피망 등 야채만 넣자, 미스 노의 표정이 일그러졌다. 육류 코너를 지나던 미스 노가 양념불고기 시식 코너에서 눈을 떼지 못했다.

"미쳤어요? 다이어트 한다는 사람이 웬 고기? 쳐다보지도 마요."

미스 노는 입을 비죽거리더니 알겠다고 고개를 끄덕였다.

"언제부터 고기를 먹기 시작했어요?"

난 원래 고기를 별로 좋아하지 않는다. 고기 특유의 누린내가 싫어서 어렸을 적부터 잘 먹지 않았다.

"여섯 달쯤 됐나? 먹어 보니까 맛있더라고."

"고기 금지예요. 알았죠?"

미스 노를 끌고 육류 코너에서 벗어났다. 미스 노는 고기가 얼마나 건강에 좋은지에 대해 설명했다. 붉은 고기를 먹으면 빈혈도 나아지고, 몸에 기운이 더 생긴다고 했다. 나는 아랑곳하지 않고, 장바구니에 야채만을 넣은 채 계산대로 갔다.

집에 돌아온 미스 노는 저녁을 먹겠다며 손을 씻지도 않고 주방으로 들어갔다. 나는 얼른 주방으로 따라들어 갔다.

"지금 뭐하는 거예요?"

"뭐하긴. 저녁 먹어야지."

"안 돼요."

미스 노가 들고 있는 밥그릇을 빼앗아 싱크대에 집어넣었다.

"아침 겸 점심 한 끼 먹었단 말이야."

미스 노는 다시 싱크대에서 밥그릇을 꺼냈다.

"정말 이렇게 비협조적으로 나올 거예요?"

"다이어트는 내일부터 할게."

"안 돼요. 다이어트 최대의 적이 '내일부터'라는 거 몰라요?"

망설이던 미스 노는 밥그릇을 내려놓았다.

"6시 이후에는 아무것도 먹으면 안 돼요. 알죠?"

"말도 안 돼."

미스 노는 식탁 의자에 가서 앉더니, 식탁 위에 몸을 엎드리며 나 들으라고 일부러 크게 한숨을 쉬었다.

냉장고를 열어 오이 두 개와 샐러리 하나를 꺼냈다. 그걸 깨끗이 씻어 투명한 플라스틱 그릇 위에 담아 미스 노 앞에 놓았다.

"오늘은 특별히 주는 거예요."

그런데 미스 노가 어이없다는 표정으로 나를 쳐다보았다.

"내가 염소니?"

"그럼 먹지 말든지."

접시를 빼앗으려고 하자, 미스 노가 내 팔을 잡았다. 미스 노는 오이 하나를 들어 아삭아삭 씹어 먹기 시작했다. 내가 신선해서 맛있지 않느냐고 물어보았지만 미스 노는 노려보는 것으로 대답을 대신했다.

 미스 노가 식사를 하는 사이, 난 거실로 나가 쇼핑백에서 청바지를 꺼내 왔다.

 "자, 입어 봐요."

 "안 맞아."

 "그래도 한번 입어 봐요."

 미스 노에게 청바지를 내밀었다. 미스 노는 입이 잔뜩 나와 청바지를 채갔다. 엄마와 언니는 내가 삐칠 때마다 입이 한 뼘쯤 튀어나온다고 했다. 입이 튀어나와 봤자 얼마나 튀어나온다고 그렇게 말하는 건지, 그때는 나를 놀리는 거라고 생각했다. 하지만 미스 노를 보니 정말 입이 많이 나왔다.

 미스 노는 청바지를 들고 방으로 들어갔다. 내가 들어가려고 했지만 미스 노는 나를 막아 세웠다.

 잠시 후, 미스 노가 청바지를 입고 나왔다. 아니, 입었다기보다 청바지에 간신히 다리를 끼워 넣은 것 같았다. 허리 단추는 아예 잠그지도 못했다.

 미스 노는 어깨를 으쓱하며 나를 쳐다보았다. 미스 노의 몸을 둘러보았다. 생각만큼 최악은 아니었다. 하체보다 상체에 살이 더 많이 쪘나 보다. 운동과 식이요법을 병행해서 살을 조금만 뺀다면, 아니 조금 많이 뺀다면 청바지를 입을 수 있을 것이다.

"엉덩이가 너무 꽉 끼네요."

미스 노의 엉덩이를 손으로 누르며 말했다. 살 때문에 엉덩이가 처져 보였다.

"그만 만져."

"뭐 어때요? 내 몸인데."

미스 노의 허벅지와 엉덩이를 손가락으로 쿡쿡 눌렀다. 살이 물렁물렁했다. 운동을 한다면 이 지방을 근육으로 바꿀 수 있을 것이다.

"그만 하라니까."

미스 노는 내 손을 탁 내리쳤다. 미스 노는 답답하다며 청바지를 벗겠다고 했다.

미스 노가 옷을 갈아입으러 들어간 사이, 난 주방으로 갔다. 베란다에서 큰 쓰레기 봉투를 하나 꺼내 왔다. 그리고 싱크대와 냉장고에 있는 과자를 집어넣었다. 싱크대 곳곳에는 과자와 초콜릿이 들어 있었고, 미스 노는 밤중에도 이것들을 먹었다.

"지금, 뭐하는 거야?"

어느 새 미스 노가 옷을 갈아 입고 나왔다.

난 미스 노의 말을 못 들은 척하고 하던 일을 마저 했다.

"미쳤니?"

미스 노가 달려와 내가 들고 있던 봉투를 잡아 뺏었다. 봉투 안을 확인한 미스 노는 화를 내며, 봉투 안의 물건을 다시 꺼냈다.

"이거 다 돈이야. 아깝게 이걸 왜 버려?"

"아니요. 그건 돈이 아니라, 살이에요."

"뭐?"

"다 살로 간다고요. 몰라요? 입에 단 건 절대로 몸에 달지 않아요."

난 미스 노가 잡고 있던 쓰레기 봉투를 같이 잡았다.

"내가 먹겠대? 놔두면 엄마가 돌아와서 먹을 거야."

"엄마 과자 안 먹잖아요!"

봉투를 잡고 있는 미스 노의 손이 부들부들 떨렸다. 과자가 있으면 자연스레 먹게 된다. 하지만 눈에 보이지 않으면 먹지 않을 수 있다. 내가 그 논리를 펼치자 미스 노는 음식을 버리면 죄 받는다며 갑자기 환경운동가 행세를 했다. 미스 노와 나는 서로 쓰레기 봉투를 움켜쥐고 놓지 않았다.

"그럼, 옆집 할머니 갖다 드려요."

"응?"

"아까워서 버릴 수가 없다면서요? 옆집에 갖다 주면 버리지 않아도 되잖아요."

협상이 타결됐다. 나와 미스 노는 쇼핑백에 과자와 초콜릿을 차곡차곡 담았다. 미스 노에게 당장 그것을 가져다주고 오라고 했다. 미스 노는 쇼핑백을 한참 쳐다본 후, 자리에서 일어섰다.

미스 노가 현관문을 열고 나갔다. 나는 미스 노가 과자를 어디에 숨기지나 않을까 싶어 현관 앞 CCTV로 지켜보았다. 미스 노가 현관벨을 누르니, 옆집 아줌마가 나왔다. 미스 노는 과자 회사에 다니는 친구가 과자를 많이 주었다며 쇼핑백을 건넸다.

"잘 했어요."

집으로 돌아온 미스 노에게 말했다. 미스 노의 기분이 나빠 보이지는 않았다.

"근데 왜 그렇게 단 걸 많이 먹어요?"

"인생이 너무 쓰니까."

미스 노는 알아들을 수 없는 말을 하고는 샤워를 하겠다며 욕실로 들어갔다.

미스 노가 샤워를 하는 동안, 난 미스 노의 방에 들어갔다. 책꽂이를 뒤져 보니, 아직 다이어트 파일이 있었다. 중학생 때부터 잡지에서 다이어트 관련 자료를 스크랩하여 모아 둔 것이다. 다행히 미스 노는 파일을 버리지 않았다.

새 노트를 꺼내 맨 첫 장에 '오예슬 다이어트 대작전'이라고 적었다. 색연필을 꺼내 빨간색으로 밑줄을 긋고, 노란색으로는 별을 그려 넣었다. 계획 기간은 앞으로 '3주'라고 적었다.

겨우 제목만을 적어 넣었을 뿐인데도 이미 다이어트에 성공한 느낌이다. 왠지 모르게 뿌듯하다.

다음 장을 넘겨 생활계획표를 짰다.

7:00   기상, 조깅 1시간 30분 할 것.

9:00   아침 식사(밥 반 공기와 기름지지 않은 밑반찬.)

10:00 2시간 휴식

12:00 점심 식사(아침과 똑같은 수준으로 밥 반 공기만 먹을 것)

13:00 수영장까지 빠르게 걷기

14:00 수영

16:00 집에 돌아와 근육 운동

17:30 저녁 식사(저녁은 샐러드와 삶은 계란 1개)

18:00 휴식

19:00 근육 운동

21:00 휴식

23:00 취침

생활 계획표에 이어 노트에 다이어트 수칙을 적고 있는데, 미스 노가 씻고 나왔다.

"뭐해?"

"다이어트 노트 쓰고 있어요."

미스 노에게 내가 만든 생활계획표를 보여 주었다.

"이걸 하라고? 미쳤니?"

노트를 본 미스 노는 지금 제정신이냐며 화를 냈다.

"어떻게 이렇게 해? 이건 너무하잖아. 운동, 식사, 운동, 식사, 운동. 하루에 도대체 몇 시간을 운동하라는 거야? 그리고 식사는 이게 뭐야? 밥 반 공기? 살 빼기 전에 먼저 쓰러질 거야."

미스 노가 관심 없다는 듯, 노트를 책상 위에 던졌다.

"이렇게 하지 않으면 절대 삼 주 안에 예전 몸매를 되찾을 수 없다고요."

"이건 사람이 할 수 있는 프로그램이 아니야."

미스 노는 고개를 설레설레 저었다.

"이렇게 한다고 해서 살이 금방 빠지겠어? 삼 주 동안 10킬로그램을 빼려면 하루에 400칼로리 이상을 소모해야 한다고."

"아, 정말 말 많네. 제발 좀 그만해요. 앞으로 계산 금지예요. 이리 재고, 저리 재고 그래서 남는 게 뭐예요? 수학 좋아하지도 않으면서 계산 엄청하네. 왜 해 보지도 않고 그래요? 해 보고 나서 말해요."

미스 노를 설득했다. 실제로 난 일 년 전에, 그러니까 미스 노에게는 십일 년 전에 방학 동안 이렇게 해서 6킬로그램을 감량한 적이 있다. 그때의 일을 떠올려보라고 미스 노에게 말했다.

"딱 삼 주예요. 삼 주만 죽은 척하고 해 봐요."

내 말을 들은 미스 노는 땅이 꺼지도록 깊게 한숨을 내쉬었다.

"알았어. 한번 해 보지 뭐."

"좋았어요! 우린 해낼 수 있을 거예요."

"우리?"

미스 노가 인상을 쓰며 나를 쳐다보았다. 난 개의치 않고 말했다.

"미스 노랑 나요. 우린 오예슬이잖아요. 오예슬은 반드시 해낼 수 있어요!"

미스 노를 향해 미소를 지어 보였다. 미스 노는 혼잣말로 "그래, 오예슬이지……"라고 중얼거렸다.

"참, 근데 너 말이야. 나한테 왜 미스 노라고 부르는 거야? 그게 무슨 뜻이야?"

미스 노가 내 대답을 기다리며 나를 똑바로 쳐다보았다. '미스 노'의 뜻을 안다면 미스 노는 화를 낼 게 분명하고, 우리의 동맹은 깨져 버릴지도 모른다.

"우리 일본 이름이잖아요. 벌써 잊어버렸어요?"

"일본 이름?"

미스 노가 의아한 표정을 지었다. 나는 눈 하나 깜빡이지 않고 대답했다.

"학교에서 일본어 시간에 일본 이름 하나씩 지었잖아요. 난 미스노고, 은지는 아야꼬고. 하여튼 기억력 정말 나쁘다니까."

내가 박박 우기자, 미스 노가 더 이상 묻지 않았다.

미스 노 옆에 앉아 다이어트 노트에 수칙을 적어 내려 갔다. 내가 한 가지씩을 추가할 때마다 미스 노는 한숨을 쉬었다. 미스 노가 나만큼 적극적이지는 않지만, 뭐 나쁘지는 않다.

어쩌면 내 미래를 정말로 근사하게 바꿀 수 있을지도 모른다.

6. 27세 오예슬

혹독한 트레이닝

새벽 공기가 서늘했다. 숨이 목까지 차올랐다. 아무것도 먹지 않고 아침 댓바람부터 뛰었더니 너무 힘들다. 잠시 쉬고 싶었지만, 여자애가 옆에서 "빨리, 빨리"를 외쳤다. 고개를 돌려 여자애를 한번 째려봤다. 여자애는 조금도 아랑곳하지 않았다.

한강변에 도착해서야 뛰던 것을 멈추었다. 곧 여자애도 자전거에서 내렸다. 바닥에 주저앉으려고 했지만, 여자애가 스트레칭을 하라고 재촉했다. 두 손을 깍지 낀 후, 머리 위로 쭉 올렸다. 왼쪽으로 몸을 기울이고, 삼십 초 뒤에 오른쪽으로 다시 기울였다. 여자애도 나를 따라 스트레칭을 했다.

"아, 아침 공기 좋다. 너무 상쾌해."

여자애는 기분이 좋은가 보다. 나도 자전거를 타고 왔으면, 여유롭게 공기를 마시며 좋아했을 거다. 하지만 6킬로미터를 뛰었더니 머릿속에 산소가 부족했고, 공기가 좋은지 나쁜지 따질 틈 없이 공기를 마셔야 했다.

오 분 정도 스트레칭을 한 후, 바닥에 앉아 잠시 쉬려고 하는데 여자애가 빽 하고 소리를 질렀다.

"뛰고 난 다음에 앉으면 엉덩이 커져요!"

오 분이나 지나지 않았느냐고 말했지만, 여자애는 당장이라도 나를 잡아먹을 것처럼 쳐다보았다.

오늘도 전쟁이 시작됐다. 벌써 일주일째 반복 중이다. 쉬려고 하는 나와 쉬지 못하게 하는 여자애, 먹으려는 나와 먹지 못하게 하는 여자애. 하지만 매번 나의 패배다.

여자애는 선심 쓰듯 오 분만 쉬는 시간을 주겠다고 했다. 난 여자애의 허락을 받고 나서야 바닥에 앉았다. 조금 살 것 같다. 하지만 여자애는 엉덩이가 커진다며 끝까지 앉지 않았다. 내가 저렇게 독했나 싶다.

"서류 심사 발표 언제지?"

"내일모레요."

"만약에 서류 떨어지면 어떻게 할 거야?"

"그럴 리 없으니까 운동이나 계속해요."

여자애는 별로 걱정하지 않는 눈치다. 하지만 나는 괜한 수고를 하는 것만 같다. 인터넷으로 찾아보니, 최종 지원자가 만이천 명이었다. 그중에서 백 명만 서류 심사를 통과하여 본선에 오른다. 그리고 본선에서 다시 열 명을 추린 후, 그중에서 1, 2, 3등을 뽑는다. 1, 2, 3등 안에 드는 건 바라지도 않는다. 과연 본선에나 오를 수 있을까? 발표 날짜가 다가오니 마음이 더 심란하다. 오랜만에 모델 지망생들의 인터넷 클럽에 가 보니, 현재 활발하게 활동하고 있는 유명 모델들까지 지원했다는 이야기가 있었다.

여자애는 쉬지 않고 스트레칭을 하고 있다. 길게 쭉 뻗은 다리와 보기 좋게 볼륨 있는 엉덩이, 잘록한 허리와 탐스러운 가슴, 그리고 긴 목선. 내가 봐도 참 멋진 몸매다.

"뭐하는 거예요? 변태처럼 왜 남의 몸을 훑어요?"

여자애가 기분 나쁘다는 듯 인상을 썼다.

"뭐가 남의 몸이야? 내 몸이지."

여자애는 내 시선을 모른 척하고 운동을 계속했다. 여자애는 할 말이 없을 거다. 지금까지 여자애는 내가 내 일에 참견하지 말라고 하면, 자기와 나는 한 몸이라는 논리를 펼쳐 왔다.

"내가 한 몸매 하긴 하죠?"

스트레칭을 하던 여자애가 내 쪽을 힐끗 보면서 물었다.

"어휴, 저 공주병. 언제쯤 고쳐지려나 몰라."

"그건 그쪽이 알겠죠."

그건 여자애의 말이 맞다. 학창 시절, 은지는 내게 공주병 말기 진단을 내렸다. 하지만 나는 공주병을 깨끗하게 치유했다. 잘 나가는 다른 모델들과 지내다 보니 자연스레 병이 고쳐졌다.

"이제 그만 가요. 오 분 넘게 쉬었어요."

조금 더 쉬고 싶었지만, 여자애가 채근했다.

"빨리 가서 아침 먹어야죠."

아침 생각을 하니 침이 꼴깍 넘어갔다. 비록 반공기도 채 안 되는 양을 먹지만, 식사 시간은 늘 기다려진다. 저녁에 드레싱도 없는 야채로 배를 채우고 나면, 다음 날 아침을 기다리지 않으려야 않을 수가 없다.

"그만 일어나요."

여자애가 내 겨드랑이 사이에 손을 넣어 내 몸을 일으켰다. 난 여자애를 따라 자리에서 일어났다.

"그럼 이제 출발하는 거예요."

여자애의 목소리가 아주 힘차다. 나는 한숨을 한 번 내쉰 후, 달리기를 시작했다. 집에서 나를 기다리고 있을 밥을 생각하며 뛰고 또 뛰었다.

집에 도착한 후, 여자애는 자기가 아침 준비를 할 테니 내게 먼저 샤워를 하라고 했다. 식사 준비는 여자애가 도맡아

한다. 내가 쓸데없이 살찌는 반찬을 차릴까 봐 걱정해서다.

샤워기의 물줄기가 몸을 적셨다. 땀이 씻겨 나가면서 몸의 긴장이 풀어졌다. 처음 운동을 시작하고 이삼 일간은 온몸에 알이 배어 움직이는 것 자체가 곤욕이었다. 지금은 조금 나아지긴 했지만, 여전히 운동을 할 때마다 몸이 힘들다.

고개를 숙여 몸 구석구석을 살펴보았다. 일주일 전과 크게 달라진 것 같지 않다. 일주일간 여자애가 시키는 대로 식사를 하고, 꾀 부리지 않고 운동했다. 그런데 별반 차이가 없다. 일주일 사이에 몸무게는 2킬로그램이 줄었지만, 겉으로 봐서는 잘 모르겠다. 다만 빠지면 안 되는 얼굴살만 잔뜩 빠졌다. 얼굴살이 빠지면 나이만 더 들어 보인다. 선발대회에 나가 망신만 당하는 게 아닐까 걱정이다.

샤워를 하고 있는데 노크 소리가 들렸다.

"미스 노, 거기에 있는 스크럽 제품 사용하고 나와요. 알았죠?"

세면대 위에 못 보던 용기가 있었다. 어제 여자애가 마트에 다녀오면서 사 왔나 보다.

뚜껑을 열어 스크럽 제품을 온몸에 발랐다. 소금 성분이 함유되어 있는지, 약간 짠 향이 났다. 예전에는 미용과 관련된 것에 관심이 무척 많았다. 화장품, 향수, 바디제품 등 최신 제품은 모두 사서 사용했다. 하지만 모델 일을 그만두면서부터 자연스레 그쪽에도 관심이 사라졌다.

샤워를 마친 후, 옷을 갈아입고 주방으로 갔다. 어김없이 식탁 위에는 밥 반공기와 곤약 무침, 무 말랭이, 계란국이 놓여 있었다. 짠 음식을 먹으면 몸이 붇는다며, 여자애는 아주 싱겁게 반찬을 했다. 하물며 된장찌개도 짜다고 먹지 못하게 했다.

"자, 먹어요."

식탁 의자에 앉아 젓가락을 들었다. 그런데 밥의 양이 너무 적다. 약속한 반 공기가 채 되지 않았다. 여자애는 나보다 밥을 조금 더 많이 먹었다. 정확히 밥그릇의 반을 채워 먹었다. 내가 왜 너만 많이 먹느냐고 따지면 자기는 나처럼 살이 찌지 않아서 괜찮다는 말을 했다.

밥을 아주 조금만 떴다. 적은 양으로 포만감을 느끼기 위해서는 밥 한 숟가락을 백 번씩 씹고 넘겨야 한다. 밥의 단맛이 느껴질 때까지 씹고, 도저히 형체를 입에서 느낄 수 없을 정도가 되면 목구멍으로 넘긴다. 평소에 비해 밥의 양은 줄었지만, 식사 시간은 오히려 늘었다.

식사를 마치고, 여자애는 녹차를 마시기 위해 물을 끓였다. 식단에 기름진 음식이라고는 눈 씻고 찾아보려야 볼 수 없는데도, 여자애는 혹시 섭취되었을 기름기를 줄이기 위해 식사 후에 꼭 녹차 한 잔을 주었다.

난 식탁에 가만히 앉아 여자애가 하는 걸 지켜보기만 하면 된다. 운동할 때가 아니면 여자애는 집에서 나를 공주 대하듯 떠받든다. 잔소리를 하긴 하지만, 늘 나에게 꼬박꼬박 존댓말을 쓴다. 여자애와 어울리지 않은 행동에 왜 그러냐고 물어보니, 자기 자신을 존중하기 위해서란다. 그러니까 여자애가 나를 떠받드는 건 나를 위해서가 아니라, 순전히 자기를 위해서 그런 것이다.

여자애가 설거지를 하는 동안, 방에 들어와 몰래 청바지를 입어 봤다. 여전히 허리 단추가 잠기지 않았다. 나 몰래 허리 사이즈를 더 줄여 놓은 게 아닐까 의심이 될 정도다. 이 주 뒤에는 이 청바지를 입을 수 있을까? 여자애처럼 되기 위해서는 앞으로 8킬로그램을 더 빼야 한다. 여자애는 지금처럼만 하면 가능하다고 했고, 예전에 다이어트를 했던 경험을 떠올려 보면 아예 불가능한 일은 아닌 듯했다. 하지만 음식을 적게 먹어서 그런지 자주 어지러웠고, 이러다가 예전처럼 음식을 아예 거부하게 되지 않을까 두렵다.

여자애가 들어오기 전에 얼른 바지를 벗었다. 맞지도 않은 청바지를 입고 있는 모습을 들키고 싶지 않다.

수영장에서 사람들의 시선은 온통 여자애에게 쏠렸다. 여자애는 그걸 느끼는지, 가슴을 더욱 활짝 펴고 걷는다. 수영할 생각은 하지 않고, 수영장 바깥에서 계속 걷기만 한다.

"빨리 들어와. 뭐하는 거야?"

"준비 운동 좀 하려고요. 먼저 수영해요."

여자애는 신경 쓰지 말고 내 할 일이나 하라는 듯 나에게 손을 휘휘 흔든다. 저 계집애, 그러니까 예전의 나, 참 웃기다. 지금 여기에 젊은 남자들이 있는 것도 아니고, 대부분 나이든 아줌마들뿐이다. 하지만 여자애는 상대가 누가 됐든, 사람들이 자기를 쳐다보며 감탄하는 걸 즐긴다.

초등학생 때 열심히 수영장을 다닌 덕분으로, 웬만한 수영은 다 할 줄 안다. 접영까지 마스터했다. 그나마 하루 운동 일과 중에 수영이 제일 재밌다. 수영은 하는 중에는 힘든 줄 모르고, 더운 여름에 더위까지 식힐 수 있으니 일석이조다. 하지만 수영은 하고 나서가 문제다. 수영을 마치고 나면 급속도로 배가 고파지는데, 집에서 나를 기다리고 있는 건 풀 쪼가리뿐이다.

여자애는 물 바깥에서 지칠 줄도 모르고 왔다 갔다 했다. 내가 수영을 마칠 때쯤 수영장 물속으로 들어오더니, 자유형으로 수영장 레이스를 왔다 갔다 한 번 왕복하고는 그만 가자고 했다.

"적당히 좀 해."

"뭐를요?"

"네가 생각하는 만큼 사람들은 너한테 관심이 없다고."

"어머머, 무슨 소리예요? 내가 뭘 어쨌다고?"

여자애는 내 말이 무슨 뜻인지 모르겠다며 딱 잡아떼고는 얼른 샤워실로 들어갔다.

수영장 바깥은 해가 쨍쨍 내리쬐고 있었다. 7월 중순이라 더울 때긴 하지만, 기껏 깨끗이 씻은 몸에 땀이 흐르니 기분이 좋지 않았다. 원래 수영장에서 집까지는 마을 버스를 타고 가야 하는 거리지만, 여자애는 버스를 절대 타게 놔두지 않았다. 걸어서 삼십 분이나 걸리는 거리를 무조건 빠른 걸음으로 걸어가야 했다. 물론 여자애가 빠르게 걷지 말라고 해도, 날이 더워 빠르게 걷게 되었다.

더위에 짜증을 내며 걷고 있는데 휴대폰 전화벨이 울렸다. 액정을 보니 은지다.

"여보세요."

"뭐해?"

"수영장 갔다가 집에 가고 있어."

"팔자 좋다. 수영장이나 다니고."

"그렇지도 않아."

은지는 오늘 일찍 끝날 것 같다며, 맥주나 한잔 마시자고 했다. 시원한 맥주에 바삭한 치킨 한 조각. 아, 생각만 해도 좋았다. 하지만 옆에서 여자애가 나를 노려보고 있었다.

"안 돼. 나 다이어트 한다고 했잖아."

"내가 쏠게. 7시까지 회사 앞으로 와."

은지가 계속 나를 유혹했다.

"진짜 안 돼. 다음에 보자. 다이어트 끝나고."

"너 정말 그 모델 대회 나가는 거야?"

내가 몇 번을 이야기했지만, 은지는 도통 내 말을 믿지 않았다.

"차라리 공무원 시험을 다시 보는 건 어때? 그게 경쟁률이 덜할 거야."

은지는 전화할 때마다 그 소리다.

"다음에 보자. 내가 다시 전화할게."

전화를 끊었다. 옆에서 여자애가 잘 했다고 했지만, 난 조금도 잘 한 것 같지 않다. 여자애를 두고 먼저 앞을 걷기 시작했다.

"왜 그래요? 화났어요?"

"몰라!"

나는 여자애에게 소리치고, 서둘러 집을 향해 걸었다.

집에 들어서는데, 순간 머리가 핑 돌며 앞이 하얗게 보였다. 나도 모르게 다리가 휘청거렸다. 얼른 소파에 가서 앉으려고 하는데, 여자애는 근육 운동을 하자고 성화다. 원래는 근육 운동을 위해 헬스장에 가려고 했지만, 여자애는 보기 안 좋은 근육이 생기면 곤란하다며 집에서 할 수 있는 프로그램을 짰다. 살을 탄력 있게 만들기 위해 누워서 다리를 자전거 타듯 굴린다거나, 의자가 없는데도 있는 것처럼 구부정한 자세로 버틴다거나, 팔 굽혀 펴기를 하는 등 보기엔 별거 아닌 것 같지만, 막상 해 보면 쉽지 않은 운동들이 대부분이다. 이런 근육 운동을 저녁 먹기 전 한 시간 반, 저녁 식사 후 한 시간 반을 한다. 간간이 쉬는 시간이 있긴 하지만, 하루 종일 운동을 하면서 지낸다. 여자애는 하루 종일 나를 따라다니며 내 자세를 지적하기도 하고, 내가 게으름을 피우지 못하도록 계속 나를 지켜본다.

"유산소 운동을 한 직후에 근육 운동을 해야 효과가 좋은 거 몰라요?"

"조금만 쉬었다 하자."

나는 방으로 발걸음을 옮겼다. 몸이 너무 무거워 간신히 걸을 수 있었다. 방문을 열려고 하는데 여자애가 내 앞을 가로막았다.

"운동하고 쉬어요."

"힘들어 죽겠다고!"

난 힘들다는 걸 보여 주기 위해 잔뜩 인상을 쓴 채 말했다. 하지만 여자애는 태연한 얼굴이다.

"원래 운동은 힘든 거예요. 세상에 쉬운 일이 어디 있어요?"

기가 차서 말도 안 나왔다. 어린 게 세상에 대해 뭘 안다고 저렇게 말하는 건지 어이가 없을 뿐이다.

"오늘은 그만 하자. 나 진짜 컨디션이 안 좋아."

식사량도 급격하게 줄고 운동을 심하게 해서 그런지 몸에 기운이 하나도 없다. 오늘은 더 이상 운동을 하는 게 불가능할 것 같다.

여자애를 뒤로 하고 방문을 여는데, 갑자기 여자애가 내 팔을 움켜잡았다.

"너, 지금 뭐하는 거니?"

"운동하고 쉬어요. 그런 식으로 쉬고 싶을 때 쉬고, 운동하기 싫다고 안 하면 살이 빠질 것 같아요? 거울도 안 봐요? 그 상태로 무슨 대회에 나가겠다는 거야?"

여자애가 두 눈을 부릅뜬 채 나를 보고 소리를 질렀다.

"안 나가면 되잖아. 안 나가면!"

"지금, 장난해요?"

"내가 왜 장난을 하겠어? 진심이야. 나, 대회 안 나가!"

여자애에게 질세라 나도 크게 소리쳤다.

"거지 같아. 당신, 엉망진창이야. 아주 형편 없어!"

나는 아무 대꾸도 하지 않고 여자애를 쳐다보았다. 어디까지 하나 두고 보고 싶었다.

"나는 뭐 당신이 좋아서 이렇게 꼼짝 못하고 있는 것 같아? 너무 거지 같으니까, 아주아주 이상하니까 어떻게든 바꿔 보려고 하는 거잖아. 왜 그렇게 살아? 힘들면 금방 포기하고, 자기만 힘들다고 징징대고. 고작 그거밖에 안 돼?"

여자애의 입술이 파르르하고 떨렸다.

"할 말, 다 했니?"

여자애는 대답 대신 나를 노려보았다.

"나도 너 정말 짜증 나. 왜 네가 나타나서 나를 이렇게 괴롭히는 건지 모르겠어. 그리고 너야말로 나한테 징징거리잖아. 똑바로 하라고? 제대로 살라고? 그러는 넌 얼마나 잘 살 것 같은데? 너, 지금 내가 우습지? 나처럼 되지 않을 거라고 자신하지? 과연 그렇게 될 것 같아? 사는 게 그렇게 호락호락한 줄 알아?"

"악담 하지 마요! 난 당신처럼 되지 않을 거라고! 당신은 십 년 동안 배운 게 겨우 변명하는 것밖에 없어? 최악이야, 정말."

여자애는 입술에 이어 몸까지 부르르 떨었다. 그러더니 여자애는 나처럼 한심한 사람은 세상에 없을 거라며 소리치기 시작했다. 난 여자애가 떠들든 말든 신경 쓰지 않고 주방 쪽으로 갔다.

"지금, 뭐하는 거예요? 뭐 찾아요?"

냉장고 문을 열어 손을 깊숙이 넣었다. 거기에는 아직 버리지 못한 초콜릿 상자가 있다. 얼어 있는 고기와 생선을 헤집고 나니 상자가 보였다.

"그게 뭐예요?"

나는 상자를 들고 내 방으로 뛰어 들어와 문을 걸어 잠갔다.

"그게 뭐냐니까?"

바깥에서 여자애가 문손잡이를 돌리는 소리가 들렸다. 하지만 문이 열릴 리가 없다.

"그거, 초콜릿 맞죠? 그렇죠?"

"그래, 맞아."

난 초콜릿 상자를 손에 쥐고, 문에 등을 기댄 채 바닥에 주저앉았다.

도대체 내가 뭐에 홀려 일주일 동안 그 고생을 했는지 모르겠다. 하루의 대부분을 운동으로 보내고, 먹는 것도 개미 눈물만큼밖에 먹지 못했다. 그렇게 일주일을 넘게 노력했지만 큰 변화는 없었다.

구역질이 올라왔다. 어쩌면 이러다가 예전 일을 반복할지도 모른다.

"빨리 문 열어요. 빨리!"

여자애가 지칠 줄도 모르고 계속해서 문을 두드렸다.

"싫어. 나 이거 다 먹을 거라고!"

"빨리 열어, 빨리!"

여자애는 문을 세게 두드렸고, 문의 울림이 내 몸에 고스란히 전해졌다.

"빨리 열라고!"

제 뜻대로 되지 않자, 급기야 여자애는 문을 발로 쾅쾅 찼다.

"싫거든! 더 이상 내 인생에 간섭하지 마! 나 다이어트 하지 않을 거야. 대회에도 나가지 않을 거라고!"

초콜릿 상자를 열었다. 초콜릿 열두 개가 예쁘게 포장되어 상자 안에 담겨 있다. 두 달 전쯤인가 백화점에서 비싸게 구입한 초콜릿이다. 스트레스를 받을 때마다 초콜릿을 샀다. 초콜릿 수집가라고 해도 좋을 정도로 종류별로 구입하지 않은 초콜릿이 없다. 지난번 여자애 때문에 초콜릿을 앞 집 할머니에게 대부분 주었지만, 냉장고에 보관되어 있던 이 초콜릿은 여자애 눈에 띄지 않았던 것이다.

"진짜 문 안 열면 나도 내가 어떤 짓 할지 몰라요. 확 죽어 버릴 거예요! 그러니까 빨리 문 열어요!"

"네 마음대로 해."

난 문에 대고 소리쳤다.

"아냐. 문 열지 않아도 괜찮아요. 그러니까 제발 그것만 먹지 마요. 네? 제발! 제발 먹지 마요. 그거 먹으면 지금까지 노력한 거 다 소용없게 된단 말이에요!"

여자애는 울다시피 하며 내게 애원했다. 하지만 내가 반응을 하지 않자, 죽겠다는 말도 안 되는 협박을 또 했다.

"마음대로 해! 죽든 말든 제발 좀 내 앞에서 사라져. 제발 좀 가 버려. 꺼져 버리라고! 왜 너인지 모르겠어. 차라리 십 년 뒤의 오예슬이 나타나서 날 좀 달래 주고 안아 주면 좋겠다고!"

"그러면 당신은 왜 나한테 그렇게 해 주지 않는 건데요? 십 년 뒤의 나인 당신은 나한테 이게 뭐예요? 나도 당신 보고 있으면 짜증 나 죽겠다고요!"

여자애는 한마디도 지지 않았다.

"너 자꾸 그렇게 말대꾸하면 이 초콜릿 다 먹어 버릴 거야!"

"알았어요. 징징거리지 않을게요. 그러니까 제발 초콜릿만 먹지 마요!"

"됐어, 이미 먹었어!"

"진짜요?"

"그래. 다 먹었어! 아, 정말 달콤하고 맛있다."

초콜릿 상자를 그대로 손에 든 채 말했다.

"난 몰라. 이제 다 틀렸어."

여자애가 엉엉 울기 시작했다.

"왜 내가 이런 벌을 받아야 해? 망가진 나를 보는 것처럼 끔찍한 게 또 어딨어? 정말 너무해!"

여자애는 울면서 계속 소리쳤다. 나는 아무 대꾸도 하지 않았다.

한참을 소리치던 여자애는 이제 기운이 다 빠졌는지 더 이상 문을 두드리지도, 소리를 지르지도 않았다. 여자애가 흐느끼는 소리만이 들릴 뿐이다.

또다시 나에게 상처를 주고 말았다. 후회할 줄 알면서도 늘 이 모양이다. 세상에서 나를 가장 괴롭히는 사람은 항상 나였다. 이젠 현재의 나에게 상처 주는 것까지 모자라, 과거에서 찾아온 나에게까지 상처를 주고 있다. 계속 같은 자리를 다치면 어느샌가 상처가 무뎌질 것 같지만, 사실은 전혀 그렇지 않다. 상처가 아물을 사이도 없이 같은 자리에 또 상처를 내기에, 상처는 절대 아물 수가 없다.

상자 속에 담겨 있는 초콜릿을 하나 꺼냈다. 조심스럽게 초콜릿 포장을 벗겼다. 다이어트를 시작한 이후로 초콜릿을 조금도 먹지 못했다.

희미하게 달콤한 향기가 났다. 그 향기를 기억하고 있는 뇌는 얼른 초콜릿을 입에 넣으라고 재촉했다.

문 밖이 조용하다. 여자애는 제 방으로 돌아갔나 보다.

초콜릿을 입에 넣을까 말까 고민하다가 다시 포장지로 쌌다. 그리고 상자에 넣어 두껑을 덮은 후, 책상 서랍 깊숙이 넣었다.

7. 17세 오예슬

사라진 미스 노

미스 노가 사라졌다.

집 안 곳곳을 다 뒤졌지만 미스 노는 보이지 않았다. 미스 노는 이틀 전 다이어트를 그만두겠다고 선언했고, 어제는 하루 종일 방 안에 처박혀 나오지 않았다. 오늘 아침 일어나 보니, 미스 노 방의 문은 열려 있었고 미스 노는 없었다.

미스 노는 정말 대회에 나갈 마음이 없는 걸까? 도저히 미스 노의 속마음을 알 수가 없다. 점심 때가 훨씬 지났지만 미스 노는 집에 들어오지 않고 있다.

미스 노 방에 들어가 책상 서랍을 열었다. 미스 노가 한 번만 더 책상 서랍을 뒤지면 가만 두지 않겠다고 해서, 미스 노와 지내는 동안 책상 근처에 얼씬도 하지 못했다.

서랍을 뒤지고 있는데 불현듯 미니홈피가 떠올랐다. 매일은 아니지만 나는 자주 미니홈피에 비공개로 일기를 쓴다. 글 쓰는 걸 좋아하지는 않지만, 혹시나 내가 나중에 유명한 모델이 되어 자서전을 쓰게 될 일이 있을까 봐 내게 생긴 일과 감정을 짧게라도 썼다.

얼른 컴퓨터를 켜, 미니홈피에 접속했다. 그런데 비밀번호가 일치하지 않는다는 메시지가 떴다. 주민등록번호, 생일, 전화번호 등 생각나는 숫자를 다 입력했지만 다 틀렸다. 할 수 없이 비밀번호 찾기를 클릭했다. 비밀번호를 찾기 위해서는 내가 설정해 놓은 질문에 답변을 해야 한다.

Q. 가장 감명 깊게 읽은 책은?

뭐지? 도저히 답이 뭔지 모르겠다. 내가 설정해 놓은 질문은 이게 아니었다. 미스 노가 질문을 바꾼 것 같다. 내가, 아니 미스 노가 감명 깊게 읽은 책이 도대체 뭘까? 내가 읽는 책이라고는 잡지뿐이다. 혹시나 하는 마음에 '보그'를 입력했다. 그러자 페이지가 바뀌면서 비밀번호가 떴다.

아이디와 비밀번호를 누르고 미니홈피에 들어갔다. 그런데 미니홈피 메뉴가 다 닫혀 있었고, 오늘 방문자 숫자가 '0'이었다. 내 미니홈피 방문자 숫자는 '100' 이하로 떨어져 본 적 없다. 내 사진을 보기 위해 많은 남학생들이 내 미니홈피에 들어왔다. 메뉴 설정으로 들어가 '다이어리'와 '사진첩' 폴더를 열었다.

어떤 사진들이 있을까 궁금해 사진첩으로 들어갔는데 '♡' 메뉴가 보였다. 클릭해 보니 민준과 찍은 사진들이다. 50페이지도 넘게 사진들이 가득했다. 사진 속의 미스 노와 민준이는 아주 다정했고, 미스 노의 표정이 아주 밝았다. 미스 노도 이런 표정을 지을 줄 아나 보다.

내가 아직 경험하지 않은 나의 추억들을 보고 있으니 기분이 이상하다. 이렇게 다정하게 사진을 찍었으면서 민준이와 왜 헤어진 걸까? 아니, 왜 미스 노는 이 사진을 삭제하지 않은 거지?

민준은 내게 정말 좋은 남자 친구였다. 민준이만큼 나를 위해 주고, 생각해 줬던 사람은 없다. 그런 민준이 어떻게 '나'를 차 버릴 수 있었던 거지? 사진을 보고 나니 민준이 더 보고 싶다.

예뻐진 모습을 보면 민준이는 다시 미스 노와 만나고 싶어 할지도 모른다. 미스 노인 척하고 민준이를 만나야겠다.

내 전화를 받은 민준은 한동안 말이 없었다. "나야, 오예슬."이라고 말하자, 민준은 조용했다. 짧게 무슨 일이냐고 물었을 뿐이다. 조금도 나를 반기는 목소리가 아니었다. 난 민준에게 꼭 돌려주어야 할 물건들이 있다고 말했지만, 민준은 돌려받지 않아도 된다고 했다. 아주 중요한 물건이라고 하니, 민준은 택배로 보내라고 했다. 난 병원으로 찾아가겠다는 말을 하고 시간 약속을 잡은 뒤 일방적으로 전화를 끊었다. 민준의 냉랭한 목소리에 나도 별로 기분이 좋지 않다. 민준의 휴대폰 전화번호는 바뀌어 있었고, 지난번에 은지를 통해 들었던 민준이 근무한다는 병원에 전화를 걸어 간신히 통화를 할 수 있었다. 그토록 힘들게 연락이 되었는데, 민준은 쌀쌀맞게 전화를 받았다.

민준은 너무 변했다. 내가 알던 민준은 절대 나한테 그렇게 차갑게 굴지 못한다. 내가 만나자고 하면, 학교 수업도 빠지고 나에게로 달려올 아이였다. 민준을 원망할 생각은 없다. 이 모든 건 다 미스 노의 탓이니까. 하지만 민준이 달라진 미스 노, 그러니까 나의 모습을 보면 분명 마음을 바꿀 것이다.

병원에 도착하여 공중전화를 찾았다. 공중전화는 눈에 띄진 않았다. 할 수 없이 지나가는 사람의 휴대폰을 빌리기로 했다.

어떤 사람이 쉽게 빌려 줄까 사람들을 탐색하고 있는데, 젊은 남자가 눈에 띄었다.

"저기요."

남자에게 다가가 말을 걸었다. 길을 가던 남자는 멈춰서서 친절하게 무슨 일이냐고 되물었다.

"제가 휴대폰을 두고 왔는데, 전화 한 통만 써도 될까요?"

남자는 기꺼이 휴대폰을 내주었다. 역시 예쁘다는 건 언제든 편리하다. 난 고맙다며 미소를 지어 보였다.

쪽지에 적어 온 번호를 보며 민준에게 전화를 걸었다. 민준은 8층 로비로 올라오라는 말을 하고 전화를 뚝 끊어 버렸다. 예전 같았으면 1층으로 마중을 나왔을 텐데, 뭐 어쩔 수 없다. 하지만 두고 봐라. 십 분 뒤에는 상황이 역전되어 있을 테니까.

엘리베이터를 타고 8층으로 올라갔다. 1층과 달리 8층에는 환자들이 많지 않았다. 8층 데스크에 있는 간호사에게 로비가 어디 있는지 물었다. 간호사가 알려 준 대로 왼쪽 통로를 쭉 따라 가 보니, 로비가 나왔다.

로비에는 아무도 없다. 민준은 아직 나오지 않았나 보다. 난 가장 눈에 띄는 테이블로 가서 앉았다. 민준은 어떻게 변했을까? 은지처럼 한 눈에 알아볼 수 있을까? 민준의 모습이 잘 상상이 되지 않았다.

손으로 턱을 괸 채 생각에 빠져 있는데, 내 옆으로 커다란 그림자가 생겼다. 고개를 돌려보니 젊은 남자가 서 있었다. 조금 변했지만 한눈에 민준이라는 것을 알아볼 수 있었다.

키는 여전히 컸고 살은 조금 빠진 듯하다. 턱 선이 없었는데 지금은 얼굴선이 살아 있다. 민준이 사귀자고 날 쫓아다녔을 때 이마에 있는 여드름 때문에 고민을 많이 했는데, 지금은 여드름이 하나도 없다. 렌즈를 꼈는지 안경도 벗은 상태다. 민준은 예전보다 더 멋있어졌다.

"오예슬?"

민준이 나를 위아래로 쳐다보았다. 내가 지금의 오예슬이 아니라는 걸 눈치챈 걸까? 표정이 심상찮다. 뭔가 이상하다는 듯한 눈빛이다. 오예슬의 사촌이라고 거짓말을 할 때보다 사실대로 오예슬이라고 말할 때 의심을 더 받았다.

"내가 살이 좀 많이 빠졌지?"

짧게 한마디 던졌다. 말을 많이 하면 의심을 더 부를 뿐이다. 그리고 난 진짜 오예슬이 맞다.

갑자기 민준이 내게 손을 내밀었다. 악수를 하자는 건가 보다. 수줍게 손을 내밀어 민준의 손을 잡았다. 그런데 내 손이 닿자, 민준이 손을 얼른 거두었다.

"뭐하는 거야? 줄 거나 줘."

"응?"

민준은 의자에 앉지도 않고 가만히 서 있은 채로, 내 얼굴을 제대로 쳐다보지도 않았다. 처음에는 잠깐 변한 나의 모습을 흘끔흘끔 쳐다봤지만, 나를 마주 하고 싶지도 않은지 이제는 아예 의식적으로 고개를 돌려 나를 쳐다보지도 않았다.

"오랜만에 만났는데 잠깐 좀 앉아. 응?"

민준에게 전해 줄 물건 따윈 없다. 민준을 만나기 위해 핑계댄 것뿐이다.

민준은 한숨을 한번 내쉬더니 내 앞 자리에 앉았다.

"잘 지냈어?"

"응."

"요즘 많이 바빠?"

"응."

"내 소식 궁금하지 않았어?"

"아니."

민준은 이곳을 경찰서로 착각하는지, 계속 단답형으로 대답했다. 슬슬 화가 치밀어 올랐지만 꾹 참았다. 오늘은 좋은 모습만을 보여 주어야 한다.

"나 다시 모델 일 시작하려고."

"그래?"

"나, 네 생각 아주 많이 했어."

"어쩌라고?"

"응?"

민준의 목소리에 화가 잔뜩 묻어났다. 민준이 나에게 왜 이러는지 도저히 알 수 없었다.

"나 지금 만나는 여자 있어. 나 그 여자랑 결혼할 생각이 야. 그러니까 이제 그만 나 좀 그만 흔들어. 이제 겨우 너를 잊고 사는데, 왜 그러는 거야?"

나와 시선을 조금도 마주치지 않던 민준이 갑자기 나를 정면으로 쳐다보며 말했다.

"넌 너밖에 몰라. 너한테 중요한 건 네 자존심밖에 없다고. 내가 힘들었던 건 네 히스테리 때문이 아니었어. 조금이라도 나를 남자 친구라고 생각했으면 나한테 그러지 못했을 거라고. 너 힘들었던 거 알지만, 나도 충분히 힘들었어. 다신 너와 만나고 싶지 않아. 나에게 그렇게 모질게 굴면서 헤어져 달라고 할 때는 언제고 이제 와서 왜 이러는 거야? 이제 다시 내가 필요해? 그러면 내가 고맙습니다, 하고 다시 너랑 만날 줄 알아? 아니, 더 이상은 너랑 공주 놀이 하고 싶지 않아. 난 더 이상 네가 오라면 오고, 가라면 가는 강아지가 아니라고. 그러니까 다시 나 찾아오지 마!"

민준은 속사포처럼 말을 쏟아냈다. 그리고 자리에서 일어서더니, 뒤도 한번 돌아보지 않고 성큼성큼 걸어갔다. 너무 어이가 없어서 민준을 부를 수도 없었다. 지금 내게 무슨 일이 일어난 거지? 이건 나의 예상 시나리오가 아니다. 난 민준과 함께 다정하게 저녁을 먹을 생각이었다. 그런데 이게 뭐지? 뒤통수를 아주 세게 얻어맞은 기분이다.

민준의 말을 정리해 보면, 미스 노와 민준이 헤어진 이유는 미스 노의 망가진 외모 때문이 아니다. 민준에게 먼저 헤어지자고 한 건 미스 노다. 민준은 나 때문에, 아니 미스 노 때문에, 하여튼 우리 때문에 힘들었다고 했다.

서둘러 집으로 향했다. 미스 노를 만나 자세히 물어보고 싶다. 미스 노는 내게 거짓말을 했다. 내가 민준과의 이야기를 물어보면 잘 기억이 나지 않는다고 둘러댔다. 하지만 나도 내 삶에 대해 충분히 알 권리가 있다.

집에 돌아왔지만, 미스 노는 집에 없었다. 미스 노가 집에 돌아온 흔적조차 없다. 미스 노에게 전화를 걸어 보았지만 휴대폰 역시 꺼져 있었다.

어쩌면 미스 노는 은지와 만나고 있을지도 모른다. 서둘러 은지에게 전화를 걸었다.

통화음이 다섯 번 정도 울린 후 은지가 전화를 받았다.

"여보세요."

"어, 오예슬. 나 퇴근 시간인 줄 알고 전화했어?"

은지는 내 목소리를 듣고 나를 미스 노로 착각했다.

"저기, 저는 예슬 언니가 아니라 예슬 언니 사촌 동생이거든요."

"아아, 줄리아?"

"아뇨, 제니퍼요."

하여간 주은지, 기억력 나쁜 건 알아 준다. 내가 제니퍼라고 정정하자 은지는 이제 생각났다며, "제니퍼, 제니퍼, 제니퍼"라고 세 번 이름을 외쳤다.

"근데 무슨 일이야?"

"지금 언니랑 같이 있는 거 아니에요?"

"아니. 난 지금 회사인데?"

"예슬 언니가 사라졌어요."

"사라져? 걔가 연기야? 사라지게?"

은지는 웃기지도 않은 농담을 던지고는 신나게 웃더니, 내가 반응하지 않자 더 이상 웃지 않았다.

"혹시 어디 갔는 줄 아세요? 전화기도 꺼져 있어서요."

"글쎄. 나도 잘 모르겠다. 뭐 그냥 바람 쐬러 갔나 보지."

은지는 별로 대수롭지 않은 듯 말했다. 나는 혹시 다른 친구들의 연락처를 알 수 있느냐고 물었지만 돌아온 대답은 "걔 나밖에 친구 없어."였다. 난 미스 노와 연락이 되면 집으로 전화를 해 달라고 부탁한 뒤 전화를 끊었다.

한참을 떠올려 봤지만 은지 말고 연락할 만한 다른 친구는 없었다. 미스 노와 지내는 동안, 미스 노가 은지 외에 다른 친구와 연락하는 걸 보지 못했다. 어떻게 된 게 십 년 전이나 지금이나 친구가 달랑 한 명밖에 없는 걸까. 지금 학교에 있는 친구들은 나와 잘 맞지 않는다. 그나마 은지와는 중학교 1학년 때부터 알고 지낸 사이라 친하게 지내는 것이다. 다른 아이들과는 친해지는 게 어렵다. 아이들은 자기네들끼리 내가 잘난 척을 한다며 재수 없다고 수군거렸고, 나도 나를 싫어하는 아이들과 친해지고 싶지 않았다.

미스 노의 삶은 내가 생각했던 것보다 더 최악인지도 모른다. 친구도 없고, 남자 친구와도 좋지 않게 헤어지고, 변변한 직업도 없고…… 미스 노는, 아니 나는 왜 인생을 이 따위로 산 걸까.

방으로 들어가려고 하는데 전화벨이 울렸다. 미스 노일까 싶어서 얼른 전화를 받았다.

"여보세요."

"예슬이니?"

"네?"

"엄마야."

수만 킬로미터 밖에 떨어져 있는 엄마의 목소리를 들으니, 꼭 엄마가 옆에 있는 것처럼 느껴졌다.

"예슬아, 예슬아. 왜 대답이 없어?"

갑자기 목메어 말이 제대로 나오지 않았다. 엄마는 내가 엄마를 아주 많이 보고 싶어 한다는 걸 알까? 내가 곤란한 상황에 처해 있다는 걸 알까?

"잘 지내고 있지?"

"응."

"언니 아기 낳았어."

"정말?"

오예진이 아이를 낳았다니 믿기지가 않다. 미스 노를 통해 오예진의 소식을 듣긴 했지만, 믿을 수 없는 일들이라 믿지 않았다.

"한 시간 전에 출산했어. 아들인데 얼마나 예쁜지 몰라."

엄마의 목소리는 들떠 있었다. 엄마는 아기가 얼마나 예쁜지 모르겠다며 자랑을 계속했지만 귀에 들어오지 않았다. 난 엄마에게 당장이라도 지금 이 상황을 설명하고, 내가 지금 어떻게 해야 하느냐고 묻고 싶었다. 하지만 나는 엄마에게 전화로는 어떤 것도 말할 수가 없다.

엄마는 한참을 떠들더니, 언니를 바꿔 주겠다고 했다.

"여보세요."

"예슬아, 잘 있지?"

"으, 응."

오예진의 목소리가 이상했다. 이렇게 다정하게 나를 부르다니, 온몸에 닭살이 돋았다. 다른 사람이 오예진인 척하고 있는 것만 같다.

"공부하느라고 많이 힘들지? 내가 너 힘든 거 왜 모르겠니. 그래도 조금만 참아. 알았지?"

"응."

"시험에 합격하거든 꼭 놀러 와. 조카 봐야지. 알았지?"

"응."

"보고 싶다, 예슬아."

예상치 못한 오예진의 멘트에 뭐라고 대꾸를 해야 할지 당황스러웠다. 자매지만 한 번도 오예진과는 다정스럽게 대화를 해 본 적이 없기 때문이다.

"나, 나도."

난 가스불을 켜 놔서 그만 전화를 끊어야겠다고 말했다.

전화를 끊었지만, 기분이 계속 이상했다. 도대체 십 년 사이에 오예진과 '나' 사이에 무슨 일이 벌어진 걸까? 앞으로의 나의 삶 십 년은 온통 미스터리로 가득 차 있다.

밤 10시가 넘었지만 미스 노는 들어오지 않았다. 거실에 불을 켜 둔 채 방으로 들어왔다. 침대에 누워 잠을 청했지만, 잠이 오지 않았다. 미스 노는 도대체 어디를 간 걸까?

침대에서 일어나 컴퓨터를 켰다. 미니 홈피에 접속해 다이어리 메뉴를 클릭했다. 예전 일기부터 천천히 읽었다.

2013년 9월 21일

까악! 난 몰라~ 내가 슈퍼모델 본선에 진출하게 되었대! 얼마나 오랫동안 꿈꾸던 일인지 모른다.^^ 이제까지 노력한 보람이 있다. 이제 진짜 모델이 되는 것이다! 지금 나는 세상 그 누구도 부럽지 않다. 지젤 번천? 웃기지 말라 그래. 나 오예슬이 top이 될 거라고. 하히히!

다음 장을 클릭했다. 미스 노의 일기는 '^^' 이모티콘 천지다. 모델 일을 하면서 기분 좋은 일이 많았던 것 같다. 그런데 시간이 지날수록 '^^'이 '-_-'로 바뀌더니 'ㅠㅠ' 이모티콘이 자주 나왔다. 2015년에 들어서부터 미스 노는 매일 일기를 썼다.

2015년 5월 3일

이번 패션쇼에서 또 물먹었다. -_-; 나도 나름대로 한다고 하는데, 자꾸 밀려난다. 나보다 어린 애들이 계속 몰려온다. 이번에 에이전시에 새로 들어온 애는 열일곱 살이다. 걔는 들어온 지 얼마 되지 않아 서울 패션쇼에 메인 모델로 발탁되었다. 뭐 괜찮다. 다음번엔 나도 꼭 메인으로 무대에 설

거다. 조금만 더 힘내자, 오예슬!

2017년 12월 31일

올해의 마지막 날이다. 내년이면 벌써 스물다섯이다. 왜 이렇게 시간이 빨리 지나가는지 모르겠다. 동료들은 다들 잘 나가는데 나만 제자리걸음이다. 뒤를 돌아보면 아무도 없다. ㅠㅠㅠ 일도 잘 들어오지 않고, 에이전시에서는 자꾸 나가라고 눈치를 준다. 나한테 매력이 없는 걸까? 요즘엔 잠도 잘 오지 않는다. 견딜 수 없을 정도로 가슴이 아프다. 가슴을 어루만지며 바닥에 바짝 갖다 붙여야만 간신히 잠을 잘 수 있다.

모든 게 다 지긋지긋하다······.

2018년 4월 30일

꿈에서 엄마가 나왔다······. 엄마는 "힘들면 말하지 그랬냐고, 왜 말 안 했어."라고 했다. 엄마는 왜 그런 말을 했던 걸까? 내가 죽었던 걸까? 꿈에서 깬 후 너무 슬퍼서 엉엉, 하고 소리 내어 울었다. 스물다섯의 나는, 아름다워도 모자랄 나는 왜 이렇게 슬픈 걸까······ 힘들다, 정말 힘이 든다. 이건 투정일까?

2018년 11월 20일

 의사가 내 몸의 불균형이 심각하다고 하다며, 거식증으로 죽은 사람들의 이야기를 해 주었다. 하지만 음식을 도저히 먹을 수가 없다. 목구멍으로 아예 넘어가지 않을뿐더러, 먹으면 다 토해 버린다. 먹는 게 무섭다. 사는 게 무섭다.

 일기에 거식증과 관련된 이야기가 계속 나왔다. 많은 모델들이 거식증이라고 하지만, 미스 노까지 거식증이었다니. 단순히 살이 쪄서 모델 일을 그만뒀다고 생각한 건 나의 오해였던 걸까?

2019년 7월 27일

 민준이가 찾아왔다. 오늘이 마지막이라며, 다시는 나를 찾아오지 않을 거라고 했다. 열 번이고, 백 번이고 그를 잡고 싶었다. 하지만 도저히 그럴 수가 없었다. 지난 이 년간 나는 충분히 그를 힘들게 했고, 앞으로도 자신 없다. 모든 게 다 끝나 버렸으면 좋겠다.

 일기장을 덮었다. 나의 미래는 생각만큼 달콤하지 않았던 것 같다. 이런 생각을 하는 건 정말 싫지만, 미스 노가 조금 불쌍하다. 내가 생각했던 것처럼, 미스 노를 몰아붙였던 것처럼 미스 노가 노력을 안 한 건 아니었나 보다.

그렇다고 미스 노를 이해하지는 않을 거다. 그러면 내가 너무 약해질 테니까.

8. 27세 오예슬

현실과 판타지

"예슬 씨, 정말 수고 많았어요. 정말 고마워요."

이틀간의 사진 촬영이 끝났다. 진선의 간곡한 부탁과 용돈을 좀 벌어 보려는 생각으로, 진선의 사촌 언니가 오픈하는 인터넷 의류 쇼핑몰의 모델을 하겠다고 했다. 엄마가 용돈을 주고 가긴 했지만, 여자애랑 둘이 쓰다 보니 돈이 빠듯했다.

모델 일을 그만둔 후로 살이 많이 쪄서 의류 모델을 할 수 있을까 고민했는데, 인터넷 쇼핑몰에서는 44사이즈의 모델이 아닌 55사이즈의 모델을 원했다. 일반 사람들이 모델이 입은 사진을 보고 똑같은 옷을 구매하는 것이기 때문에, 너무 마른 모델이 촬영을 하면 오히려 사람들이 옷을 잘 구매하지 않는다고 했다.

쇼핑몰의 규모는 생각보다 커서 정장 스타일의 옷부터 캐주얼까지 다양한 종류의 옷 사진을 찍었고, 신발, 귀고리, 목걸이 등 액세서리를 착용한 사진까지 찍었다. 입어야 하는 옷이 많기에 촬영은 이틀 꼬박 이어졌다. 어제는 집에 가서 잠을 자려고 했지만, 이곳에서 집까지 다시 왔다 갔다 하는 것만 세 시간이 넘게 걸렸다. 밤늦게 들어가서 아침 일찍 나올 바에야 차라리 유선의 집에서 자면서 시간을 아끼는 게 좋을 것 같았다. 여자애에게 전화를 걸어 말할까 하다가 그만두었다. 다툰 상태라 말도 안 하고 나왔으면서, 전화를 걸어 외박 사실을 알리는 건 많이 우스웠다.

"역시 프로 모델은 뭐가 달라도 달라. 버릴 사진이 하나도 없어."

진선의 사촌 언니 유선은 카메라로 촬영한 사진들을 넘겨 보며 흐뭇해했다. 유선은 촬영하는 내내 촬영을 즐겁게 하기 위해서인지 나에게 계속 칭찬해 주었는데, 입에 발린 말이라는 걸 알면서도 기분이 좋았다.

"옷 정말 잘 받는다. 예슬 씨가 입으니까 옷이 다 명품 같아."

유선은 내 옆으로 다가와 카메라 속 사진들을 보여 줬다.

사진에 찍힌 내 모습을 보니 기분이 이상했다. 카메라 속의 인물이 내가 아닌 듯했다. 오랜만에 사진을 찍었다. 모델 일을 그만둔 이후로 휴대폰으로 셀카를 찍는 일조차 하지 않았다. 촬영을 하면서 포즈가 잘 나올까 걱정했는데, 몸은 과거를 기억하고 있었다.

"저녁 먹고 가요. 내가 맛있는 거 사 줄게."

"아뇨. 괜찮아요."

"왜? 점심도 샌드위치 반 개밖에 안 먹었잖아."

"저녁 약속이 있어요."

유선에게 거짓말을 했다. 유선은 분명 고열량의 식사를 하자고 할 것이다. 어제저녁도 삼겹살을 먹자고 하는 걸, 간신히 쌀국수로 메뉴를 바꿨다.

유선은 모델료와 함께 촬영 때 입었던 옷을 몇 벌 챙겨 주었다. 인터넷을 통해 내가 직접 옷을 구매하겠다고 했지만 유선은 선물이라며 예쁘게 입어 달라고 했다.

유선과 헤어진 후 지하철역으로 갔다. 퇴근 시간이라 그런지 지하철에는 사람이 많았다.

지하철에 타기 전, 역 안에 있는 화장실로 들어갔다. 쇼핑백을 바닥에 내려놓은 후, 유선에게 받은 봉투를 꺼냈다.

봉투 안에는 십 만원짜리 수표 다섯 장이 들어 있었다. 돈을 봉투에 다시 집어넣고 손에 꽉 쥐었다. 모델 일을 하던 시절 한때는 적지 않은 돈을 벌었다. 하지만 너무 어린 나이였고 경제관념이 없어서 버는 족족 그 돈을 다 써 버렸다. 일이 잘 들어오지 않던 시절에는 늘 엄마에게 손을 내밀었다. 유명 패션쇼나 잡지 모델이 아니면 하지 않았다. 모델로서의 자존심이 있지, 어떻게 홈쇼핑 모델이나 내레이터 모델을 할 수 있나 싶었다. 화려한 조명에 덜 취했더라면, 어쩌면 그렇게 일을 그만두지 않았을지도 모른다.

왜 여기로 온 걸까? 집 방향으로 가는 지하철을 탔는데, 내리고 보니 에이전시가 있는 지하철역이었다.

이 년 전에 비해 크게 달라진 건 없었다. 건물도 그대로고, 간판도 그대로다. 1층 꽃집이 체인점 형태의 커피 전문점으로 바뀌었을 뿐이다.

처음 여기에 온 건 대학교 1학년 때였다. 학교보다 이곳에 더 자주 왔다. 날마다 출근하듯 에이전시에 와서 워킹 연습을 하며 캐스팅을 기다렸다. 처음 왔을 때만 하더라도 에이전시에 소속되었다는 것 자체가 그렇게 뿌듯할 수 없었다. 에이전시 사무실이 있는 3층 계단을 한 걸음 한 걸음 오르면, 내 인생도 덩달아 올라가는 기분이었다. 이제 톱 모델로만 도약하면 될 거라는 생각을 했다. 하지만 도약의 기회는 오지 않았다.

다신 뒤돌아보지 않겠다고 큰소리 치고 여기를 나왔다. 하지만 무대만큼 그리운 곳이 여기였다. 이곳에서 나는 가장 기뻤고, 또 가장 슬펐다. 지금 이곳엔 누가 있을까? 이 년 사이에 그만둔 사람들도 있을 테고, 새로 들어온 사람도 있을 것이다.

건물 근처를 서성이고 있는데, 건물에서 사람들이 무리 지어 나왔다. 얼른 옆 건물로 몸을 피했다. 그들은 에이전시에 소속된 모델들인 듯했다. 모두들 날씬하고 키가 크다. 다들 못 보던 얼굴들이다. 고등학생 정도로 보이는 사람도 있었고, 대부분 나이가 많아야 스무 살 초반으로 보였다. 그들은 낄낄거리며 내가 서 있는 건물 앞에 멈춰 섰다. 무슨 재미있는 이야기를 하는지, 가던 길도 멈춘 채 이야기를 나누었다. 저 무리 중에 얼핏 과거의 내가 보였다. 매일 웃기만 해도 하루가 부족했다. 그땐 내 인생 자체가 놀이동산이었다. 늘 신났고, 늘 가슴이 뛰었다. 하지만 그 순간은 너무 짧았다.

다시 한 번 그때처럼 지낼 수 있을까? 모델로 주목 받던 시선보다 더 그리운 건 꿈 그 자체다. 처음 모델 일을 시작할 때만 하더라도 어떤 모델이든지 상관없었다. 내 몸으로 상품을 더 잘 드러낼 수 있다면 무대든, 지면이든, 인터넷이든 신경 쓰지 않았다. 시간이 지나면서 나 스스로 동료들과 비교하기 시작했다. 누구는 모델료를 얼마나 받았다더라, 유명한 사진작가와 작업을 했다더라 등등 여러 가지 이야기가 들려왔고 그렇지 못한 나를 원망했다. 눈만 높아졌고, 그럴수록 더욱 조바심이 났다. 어느새 나는 왜 모델이 되고 싶었는지를 잊어버렸다. 지금 나, 다시 시작하기에 너무 늦은 걸까? 얼른 답을 적어 내야 하는데, 아직도 난 시험지를 들고 아무것도 적지 못한 채 덜덜 떨고만 있다.

한참을 건물 앞에 서 있던 무리가 움직이기 시작했다. 난 그들이 사라진 것을 확인한 후, 건물 밖으로 나와 지하철 역을 향해 걸었다.

집에 들어서자마자, 나를 본 여자애가 도대체 어디에 갔다 온 거냐며 소리쳤다. 피곤하여 빨리 방에 들어가 쉬려고 했지만 여자애가 방까지 따라 들어왔다.

"미스 노, 도대체 이틀 동안 어디에 있었던 거예요? 휴대폰도 꺼져 있고, 은지도 모른다고 하고 내가 얼마나 답답했는지 알아요?"

여자애는 지치지도 않는지 계속 종알거렸다.

"바람 좀 쐬고 왔어."

"바람요? 더워 죽겠는데 뭔 바람? 참, 예심 결과 발표 났어요. 우리, 합격했어요! 이제 이 주 동안 열심히 다이어트만 하면 돼요!"

화를 내던 여자애의 목소리가 금세 밝게 바뀌었다.

"안 기뻐요?"

"별로."

사실 나도 알고 있었다. 어제가 예심 결과 발표 날이었고, 촬영이 끝난 저녁 내내 결과를 기다리며 휴대폰으로 인터넷 검색을 반복했다.

"설마 대회 포기하는 건 아니죠? 나갈 거죠? 다이어트 다시 시작할 거죠?"

난 아무 대꾸도 하지 않았다.

"근데 이 옷은 다 뭐예요?"

여자애는 내가 들고 온 쇼핑백을 뒤지며 물었다.

"혼자 쇼핑하고 온 거예요? 치사해, 정말. 내가 쇼핑 얼마나 좋아하는 줄 알면서 어떻게 혼자 갈 수 있어요?"

여자애는 거울 앞에서 옷을 제 몸에 대 보았다.

"너, 기억상실에라도 걸렸어?"

"네?"

"아니야, 됐어."

여자애는 나와 다툰 사실을 잊어버린 게 분명하다. 여자애와 어떻게 화해해야 할지 고민이었는데, 어쨌든 걱정 하나가 줄었다.

"나 좀 쉴 거니까 그만 나가 줄래?"

"알았어요."

여자애는 들고 있던 옷을 내려놓고 바깥으로 나갔다. 순간

난 내 귀와 눈이 잘못된 게 아닌가 싶었다. 여자애가 군말 없이 내 말을 들어준 건 처음이다.

옷을 갈아입고 있는데 책상 위에 노란색 편지봉투가 눈에 띄었다. 겉봉투에는 '오예슬 양에게'라고 적혀 있었다. 봉투를 열어 보니 편지가 한 장 나왔다. 어디서 많이 보던 글씨다.

이건, 내 글씨다.

오예슬 양에게.

2020년, 스물아홉. 생각하면 참 아득한 시기네요.

한창 젊고 젊었던 그 시절, 지금 생각해 보면 별일 아닌 것 같은데, 그때 저는 참 힘든 시기를 보냈습니다.

어렸을 적부터 꿈꾸었던 모델이 되었지만, 생각만큼 일을 하는 게 쉽지 않았고, 결국 모델을 그만두고 공무원 시험을 준비했죠.

하지만 공부하는 건 쉽지 않았습니다. 워낙 공부하는 걸 좋아하지도 않았을뿐더러 제가 진짜로 하고 싶었던 건 그게 아니었으니까요.

모델 일을 다시 시작하려고 했지만, 다이어트를 하는 것 역시 쉽지 않았죠. 옛날 몸으로 돌아간다고 과연 일거리를 얻을 수 있을까 고민이 많았습니다. 이러지도 저러지도 못하며 힘들어했습니다. 이렇게 살면 뭐하나 싶어 죽으면 어떨까, 하는 생각까지 했죠.

지금은 유명 모델이 되어 있지만 그때는 과연 내가 이렇게 하다가 다시 모델이 될 수 있을지, 진작 취업 준비를 해서 직장인이 되었다면 어땠을까, 하는 선택한 길에 대한 회의도 들고 그랬어요.

스물일곱이면 절대 어린 나이는 아니죠. 하지만 결코 많은 나이도 아니었어요. 지나 보니, 그때는 그랬던 게 당연하다는 생각이 듭니다.

이십 대는 무언가를 해야 하는 시기가 아니라, 무언가를 할 수 있을까 고민하는 시기이기 때문에 힘들 수밖에 없었죠. 그런데 그때는 그 고민을 왜 힘들게만 생각했는지 모르겠어요.

한동안 방황했어요.

그런데 계속 그렇게 있을 수만은 없더라고요. 죽으면 어떨까, 라는 생각 대신, 죽는 셈치고 한번 살아 보자는 마음으로 차라리 도전하자 싶었어요.

그렇게 다시 시작했어요.

스물일곱. 가장 힘들었던 시기.

해가 뜨기 전에 가장 어둡다고 하죠?

그 말이 맞네요.

가장 힘든 시기를 거친 후에 저는 그제야 제대로 된 모델이 될 수 있었어요. 지금 생각하면 그때의 방황과 고민의 시간이 지금의 저를 만든 것 같아요. 그 시간이 없었다면 저는 여전히 방황하고 있겠죠.

사람에게는 누구나 그런 시기가 있죠. 하지만 힘든 시기는 고통의 시간이 아닌, 자신을 더 단련시키는 시간이라고 생각해요.

더 잘하기 위한, 더 잘되기 위한 시간인 거죠.

그 시간을 누리세요. 그 시간을 얼마나 현명하게 보내느냐에 따라서 삶이 결정됩니다.

고민할 수 있음을 감사하세요.

고민하는 시간은, 자기를 더 단련시키는 시간이니까요.

아쉽네요.

치열했던 청춘은 두 번은 오지 않네요.

그 시기만큼 아름다운 시기는 없어요.

혼란스러워서 더 아름다웠던 그 청춘을, 누리세요.

       from. 2030년의 오예슬로부터

웃음만 나왔다. 이건 여자애가 쓴 거다. 얼굴이 붉어질 정도로 유치했다. 하지만 편지를 두 번, 세 번 반복해서 읽었더니 눈물이 났다. 마음이 뜨거워졌다. 정말 십 년 뒤의 나는 이 렇게 이야기를 할 수 있을까? 이 지긋지긋한 청춘을 그때는 그리워할 수 있을까?

잠이 오지 않아, 따뜻한 차를 마시려고 주방으로 나왔다. 주전자에 물을 끓이고 있는데, 여자애가 방에서 나오는 소리가 들렸다.

"미스 노! 지금 뭐 먹으려는 거예요? 12시가 다 되었는데?"

여자애가 인상을 쓰며 내 옆에 바짝 붙어 섰다.

"허브 차 마시려고. 그건 괜찮지?"

"난 또. 컵라면이라도 먹으려는 줄 알고 놀랐잖아요."

여자애는 싱크대 위에 컵라면이 아닌 머그컵이 놓여 있는 것을 확인한 후 식탁으로 가서 앉았다.

"나도 마실래요."

싱크대를 열어 허브 차를 찾았다. 엄마가 즐겨 마시던 차가 있다.

"참, 엄마한테 전화 왔었어요. 오예진, 아기 낳았대요."

"정말? 아들이래, 딸이래?"

"아들이요. 오예진 닮았대요. 보나마나 못생겼을 거야."

허브 차를 찾았다. 머그컵에 찻잎을 넣고, 뜨거운 물을 부었다.

"기분, 별로죠?"

"응?"

여자애는 내가 건네준 머그컵을 받아들면서 물었다.

"오예진은 유학도 가고, 결혼해서 아기도 낳았잖아요. 샘나죠?"

나는 그렇지 않다고 고개를 저었다. 이제야 알겠다. 옛날에 내가 왜 그렇게 언니를 미워했는지를 말이다. 난 언니를 질투했던 거다. 그때 내가 보기에는 엄마가 언니만 챙기는 것 같았다. 언니는 나와 달리 키도 작고 몸도 약했으니까. 언니에게 엄마도, 아빠도 다 뺏긴 느낌이었다. 내가 태어나기도 전에 교통사고로 죽은 아빠를 나와 달리 언니는 삼 년이나 가졌다.

"솔직하게 말해요. 오예진만 잘돼서 기분 나쁘죠? 우리끼리 못할 얘기가 뭐 있어요?"

내가 그렇지 않다고 말했지만, 여자애는 믿지 않았다. 여자애는 입을 계속 비죽거렸다. 나는 내가 십 년 전에 비해 조금도 철들지 않았다고 생각했는데, 여자애를 보니 꼭 그런 것 같지도 않다. 난 언니와의 전쟁을 끝냈다.

"근데 엄마한테는 왜 얘기 안 했어요?"

"뭘?"

"엄마는 계속 공무원 시험 준비 하는 줄 알던데요?"
"그냥."

엄마에게 모델 대회에 나간다는 말을 하지 못했다. 엄마에게 괜한 걱정도, 쓸데없는 기대도 안겨 주고 싶지 않았기 때문이다.

모델 에이전시에서 나를 써 주지 않자, 엄마는 나 몰래 에이전시에 거금을 가져다주었다. 그 덕분에 잡지 화보를 몇 컷 찍을 수 있었다. 그때는 내가 다시 재기할 수 있는 기회를 얻었다고 생각했다. 하지만 후에 그 사실을 알고 엄마와 얼마나 많이 다퉜는지 모른다. 엄마에게 왜 내 능력을 믿지 못하고 나서냐고 화를 냈지만 사실은 미안한 마음이 더 컸다. 엄마가 약국에서 하루 종일 일하며 힘들게 번 돈일 텐데, 그 돈으로 에이전시 사장 배만 불리게 했다. 내가 한심해서 견딜 수 없었다. 그리고 얼마 지나지 않아 아예 에이전시를 나와 버렸다.

"근데 도대체 미스 노가 무슨 뜻이야? 은지한테 물어봤는데, 일본어 시간에 그런 이름 지은 적 없대."

여자애는 내 질문에 답을 하는 대신, 머그컵을 들어 이리저리 살피는 시늉을 했다. 집에 오는 길에 은지와 통화를 하면서 일본어 이름을 이야기하자, 은지는 내가 헛소리를 하는 걸 봐서는 정상이 아닌 것 같다며 당장 다이어트를 그만두라고 했다.

"너, 설마?"

어렸을 적부터 나는 하기 싫은 일이나 확신을 맹세할 때, '그게 아니면 내가 오예슬이 아니라 노예슬이다!' 하고 말하곤 했다. 미스노는 일본 이름이 아니라, Miss No였던 것이다. 여자애가 날 보며 씩 웃었다. 애교가 잔뜩 섞인 눈웃음이다.

"그런데 말이에요. 십 년 전에요. 마이애미에 잘 도착했어요?"

여자애는 화제를 돌리고 싶은지, 뜬금없이 십 년 전 일을 물었다.

"응. 잘 도착해서 이모 가족도 만나고, 휴양도 하고 그랬어."

"무사히 잘 돌아왔고요?"

"그럼. 그러니까 내가 지금 이렇게 잘 살고 있지."

나는 어깨를 으쓱해 보이며 대답했다.

"'잘'이라는 말은 빼 주세요."

여자애가 고개를 설레설레 저으면서 대꾸했다.

"아, 근데 생각해 보니까 비행기에서 잠시 정신을 잃었어."

"정신을요?"

"응. 잠깐 기절하고 깨어났더니, 스튜어디스가 비지니스석으로 안내를 하더라고. 그래서 나 혼자 비지니스석 타고 갔어."

마이애미에 가던 일이 기억난다. 비행기가 흔들려 잠깐 정신을 잃었는데, 나 때문에 난리가 났다고 했다. 비상착륙을 하느니 마느니 했고, 내가 깨어나자 승객들이 박수를 막 치며 좋아했다.

"너, 나 없어져서 걱정했지?"

"아니요. 내가 왜요?"

"엄청 걱정했네, 뭘."

"아니라니까요!"

여자애가 소리를 질렀다.

"그런 표정으로 보지 마요."

"뭘?"

"날 다 안다는 표정 말이에요. 정말 불공평해. 미스 노는 나에 대해 다 알고 있잖아요. 내가 무슨 생각을 하는지, 내가 어떤 마음을 갖고 있는지에 대해서요."

여자애는 입을 잔뜩 내민 채 툴툴댔다.

"그러면 너는 네 마음에 대해 다 알아?"

"네?"

"너도 가끔 모를 때 있잖아. 너도 모르는 네 마음을 내가 어떻게 알겠니? 난 이미 십 년이나 지났다고."

여자애는 내 말에 수긍하는지 아무 대꾸도 하지 않았다.

간혹 여자애의 마음이 투명할 정도로 잘 보일 때도 있지만, 그렇지 않을 때가 더 많다. 과거의 마음은 오래되어서 기억이 잘 안 나고, 현재의 마음은 너무 고민이 많아 잘 모르겠다. 그리고 여자애가 나를 대하는 것을 보면 미래의 마음 역시 겪어 보지 않아 알 수 없을 것 같다.

"그런데 정말 대회 안 나갈 거예요?"

여자애는 어울리지 않게 조심스러운 목소리로 물었다.

"안 나가긴 왜 안 나가? 예선에 합격했는데."

"그럼, 나갈 거예요?"

"당연하지."

내 말 한마디에 여자애는 아주 활짝 웃었다. 세상을 다 얻은 듯한 얼굴이었다. 내가 저렇게 웃었던 게 언제였는지 기억도 나지 않았다.

예선에 합격했다는 이유로 다시 도전하려는 건 아니다. 사실은 그만두려고 했다. 하지만 최근 몇 년 사이에 어제, 오늘만큼 행복했던 적이 없었다. 비록 대단한 촬영은 아니었지만 이틀간은 정말 내가 톱 모델이 된 것처럼 기분이 좋았다. 지금 이 촬영이, 이 무대가 다음을 위한 기회가 될 수 있을지에 대한 고민을 하지 않았다. 그냥 촬영하는 것 자체를 즐겼다. 오로지 촬영하는 현재만을 생각했다.

"그런데 네가 짠 프로그램대로 하지 않을 거야. 10킬로그램을 빼는 건 무리야. 빼면 빼겠지만 그렇게까지 하면서까지 다시 모델이 되고 싶진 않아."

이상하게 여자애가 조용했다. 분명 말도 안 된다며 징징거려야 하는데, 가만히 나를 쳐다보고 있다. 어쩌면 지금이 여자애의 혹독한 트레이닝에서 벗어날 수 있는 기회인지도 모른다.

"밥은 매끼마다 한 공기씩 먹을 거야. 네가 먹으라는 대로 먹으면 쓰러질 거라고."

여자애의 눈치를 살폈다. 표정을 도저히 읽을 수가 없다. 저 아래서 부글부글 끓어올라 자체 폭발할 때를 기다리고 있는 걸까?

"대회에서 요구하는 건 '건강한 이십 대 여성'이라고."

"그건 말이 그런 것뿐이잖아요. 그럴싸하게 포장한 거라고요. 제발 착각하지 마요. 모델과 건강이란 두 단어는 어울리지 않다고요. 도대체 건강한 모델이 어디 있어요? 세상엔 날씬하고 빼짝 마른 모델들만 있다고요. 만약 지금 미스 노 사진을 서류 심사에 제출했으면 뽑혔을 것 같아요? 어림없어요."

침묵하던 여자애가 쉬지 않고 말을 토해 냈다.

"살을 빼지 않겠다는 게 아니야. 운동은 네가 짜 준 대로 할 거라고."

"그럼 이왕 하는 거 음식도 내가 먹으라는 대로 먹으면 되잖아요."

"내 몸을 혹사하면서까지 하고 싶지 않아."

"혹사요? 음식 좀 안 먹는 게 왜 혹사예요? 그건 노력이라고요. 그 정도의 노력도 하지 않고, 어떻게 톱 모델이 될 수 있겠어요?"

여자애의 목소리 톤이 점점 높아졌다.

"누구를 위한 노력인데?"

"그거야 당연히 나 자신이죠. 어느 정도의 희생은 당연히 감수해야 하는 거라고요."

"희생? 그게 어느 정도일 것 같은데?"

"그거야 모르죠. 할 수 있는 데까지 해야 하지 않겠어요? 톱 모델이 되는 데 못할 게 뭐가 있어요?"

여자애는 너무나 당연하다는 듯 말했다. 순간 소름이 끼쳤다. 여자애한테서 나의 과거가 보였고, 지금의 나의 모습은 곧 여자애의 미래였다. 이 아이도 내가 했던 걸 그대로 또다시 반복하게 될까? 자신을 가장 미워하는 못난 오예슬이 되고 마는 걸까?

"노력과 희생은 다른 거야."

"그게 그거지 뭐."

여자애가 입을 비죽거렸다.

"왜 그렇게 유명한 모델이 되고 싶은 건데?"

"좋잖아요. 사람들이 다 나만 바라보고, 나를 최고라고 해 주면요."

"그러면 넌 다른 사람들 때문에 모델이 되고 싶은 거야? 다른 사람들한테 잘 보이려고? 그게 진짜로 네 자신을 위한 거라고 생각해?"

"몰라요. 근데 왜 자꾸 말꼬리를 잡고 늘어지는 거예요? 짜증 나, 정말."

여자애가 신경질을 내면서 내 시선을 피했다.

"네가 행복해지기 위해 모델이 되려는 거잖아. 네가 좋으려고 하는 거잖아. 너, 그 과정이 힘들면 끝까지 할 수 있을 것 같아? 절대 못한다고."

"힘들면 좀 어때요? 톱 모델만 되면 되는 거잖아요."

"만약 네가 노력을 했는데도 유명 모델이 되지 못하면 어쩔래?"

"그럴 리가 있겠어요? 난 당연히……."

여자애가 더 이상 말을 잇지 못했다. 여자애 앞에는 바로 여자애의 미래인 내가 앉아 있었다. 여자애는 입술을 잘근잘근 씹으며 나를 노려보았다. 내가 몹시 마음에 안 들어 죽겠다는 표정이다.

"무엇이 되어야지만 무엇을 가져야지만 행복해지는 거라면 난 그 무엇이 되지도, 그 무엇을 갖지도 않을 거야."

여자애가 나를 노려보았다. 나 역시 눈에 힘을 잔뜩 준 채로 여자애를 쳐다보았다. 분노에 가득 찬 여자애의 눈빛이 점차 그 독소를 잃어 갔다.

"맘대로 해요. 어차피 미스 노 마음대로 할 거잖아요."

여자애가 입을 잔뜩 내민 채 나 같은 고집쟁이가 없다며 투덜댔다.

"그래도 운동하는 거 도와줄 거지?"

난 여자애의 눈치를 살피며 물었다.

"두고 봐요. 난 더 악랄한 조교가 될 테니까."

여자애가 고개를 뻣뻣이 들고 대답했다. 그러더니 슬며시 미소를 지었다. 내가 운동하며 고생하는 모습을 상상하는 게 분명하다.

"그나저나 정말 신기하다. 네가 다른 사람을 위해 이렇게 노력하는 애가 아닌데 말이야."

"다른 사람이라뇨? 나 때문에 그런 거예요."

여자애가 손가락으로 자기 자신을 가리키며 말했다. 내가 말을 말았어야 했나 보다.

"어쨌든 고마워. 날 위해 노력해 줘서."

"그런 말 하지 마요. 그건 오예슬답지 않아요!"

여자애는 '오예슬'을 강조하며 말했다. 저 밑도 끝도 없는 자기애를 어떻게 해야 할지 모르겠다.

"어쨌든 모델 일 다시 하고 싶은 거 맞죠?"

여자애가 내 눈을 똑바로 쳐다보며 물었다.

"이젠 포기 안 할 거죠?"

여자애는 이미 다 알면서 내게 확인하려 했다. 지금 내 마음의 색깔은 투명이다.

"그래, 하고 싶다. 너무 너무 하고 싶어. 됐어?"

"그럴 줄 알았어요."

여자애는 대단한 비밀을 안 것마냥 좋아서 히죽거렸다.

"이제 그만 자자. 너무 늦었어."

여자애도 차를 거의 다 마신 것 같아, 난 식탁에서 일어났다.

"참, 편지 고마워."

"무슨 편지요?"

여자애는 모르는 일이라며 딱 잡아뗐다. 이럴 때 보니, '나'도 꽤 귀여운 구석이 있다.

"근데 너무 진부하더라. 읽다가 웃겨서 죽을 뻔했어."

"내가 그거 쓰느라 얼마나 고생했는데요?"

여자애는 그 말을 내뱉고는 아차 싶은지 입을 다물었다.

"어쨌든 제대로 못 살아 줘서 미안해."

그 말을 하고 돌아서는데, 여자애가 한마디 했다.

"알면 이제부터는 제대로 좀 살아 줘요."

하여튼 말을 꺼낸 내가 잘못이다.

"너도 내가 실망스럽겠지만, 나도 내가 이렇게 살 줄 몰랐다고. 난 삶이 아주 말랑말랑하길 바랐어."

"말랑말랑요?"

여자애가 고개를 갸우뚱하며 되물었다.

"미스 노 인생, 지금 충분히 말랑말랑하지 않아요?"

"지금이?"

"너무 말랑말랑하니까 쉽게 상처받고, 또 쉽게 포기하는 거라고요. 그러니까 오히려 더 단단해질 필요가 있어요."

여자애는 내 몸에 이어 인생까지 트레이닝 하려고 들었다. 하긴, 나도 그랬다. 열일곱 살 때는 내가 알고 있는 것이 세상 전부 같았고, 내 말은 다 맞는 것 같았다.

"근데 왜 마음을 바꾼 거예요?"

방으로 들어왔는데, 여자애가 쫓아 들어오면서 왜 다시 마음을 바꿨느냐고 꼬치꼬치 캐물었다. 나는 '그냥'이라고 대답했지만 여자애는 세상에 '그냥'은 없는 거라며 집요하게 물었다. 내가 자꾸 그렇게 귀찮게 하면 운동마저 그만두겠다고 으름장을 놓으니까 그제야 여자애가 내 방에서 나갔다.

두려웠다. 십 년 뒤에도 내가 지금처럼 살고 있을까 봐. 꿈으로부터 도망친 나 스스로를 계속 미워할까 봐. 하지만 이건 여자애한테는 비밀이다.

9. 17세 오예슬

시간의 거리

"얼른 올라가 봐요."

미스 노는 선뜻 체중계에 발을 올리지 못했다.

"잠깐만."

미스 노는 잠시 화장실에 다녀오겠다며 방에서 나갔다. 조금이라도 몸무게를 줄이고자 하는 마음에서일 거다. 미스 노는 몸무게에 연연하지 않겠다고 했지만, 체중계에 오를 때마다 그랬다. 우리는 사흘에 한 번씩 체중을 쟀다. 처음 다이어트를 시작하고는 매일 쟀지만, 매일 변화가 있지 않자 오히려 김샜다. 그래서 사흘에 한 번으로 체중을 재는 횟수를 줄였고, 오늘은 대회를 앞두고 마지막으로 체중을 재는 날이다. 대회가 내일모레 앞으로 다가왔다.

"그럼, 올라간다."

화장실에서 나온 미스 노는 크게 숨을 한번 내쉬더니, 오른발을 살짝 들어 체중계에 올렸다. 그리고 다시 한 번 숨을 내쉰 후, 왼발마저 올렸다. 체중계 액정의 숫자가 변화하기 시작한다. 54? 53? 미스 노가 움직일 때마다 숫자가 변했다. 미스 노가 중심을 잡고 서니, 숫자가 더 이상 변하지 않는다.

'53.3'

사흘 전과 비교해서 몸무게가 겨우 400그램 줄었다. 아무래도 대회날까지 내가 목표한 40킬로그램대에 도달하긴 힘들 것 같다. 하지만 미스 노는 기분 좋은 얼굴이다.

"그래도 5킬로그램이나 빠졌잖아."

미스 노의 몸을 위아래로 훑었다. 처음 만났을 때와 달리 조금 날씬해지기는 했다. 처진 엉덩이엔 탄력이 붙었고, 팔뚝도 조금 얇아졌다. 그래도 대회에서 수상하기엔 역부족이다.

"아무래도 저 옷, 못 입겠죠?"

난 옷걸이에 걸린 청바지를 가리키며 물었다. 다이어트를 처음 시작했을 때, 미스 노와 함께 백화점에서 샀던 옷이다. 엊그저께 미스 노가 입었는데 처음과 달리 허리 단추는 잠겼지만, 옷이 작아 몸을 제대로 움직일 수 없었다. 이틀 사이에 옷이 맞을 리는 없다.

"잠깐만."

갑자기 미스 노가 옷장을 열어 뒤지기 시작했다.

미스 노는 옷장 속에서 쇼핑백 하나를 꺼냈다. 그 쇼핑백 안에는 청바지가 들어 있었다.

"이거 입어 볼게."

미스 노는 순식간에 트레이닝복을 벗어 던지고 청바지를 입었다.

청바지는 종아리, 무릎, 허벅지를 거쳐 허리까지 도달했다. 미스 노는 허리 단추의 양끝을 잡은 후, 그걸 하나로 모으기 시작했다. 다행히 단추가 보기 좋게 채워졌다. 미스 노는 손을 단추에서 뗀 후, 허리를 쭉 폈다. 백화점에서 산 청바지와 다르게 조금도 작아 보이지 않았다.

"이 옷은 뭐예요? 지난번에 혼자 쇼핑갔을 때 산 거예요?"

미스 노는 그렇다고 고개를 끄덕이더니 전신 거울 앞에 서서 자기 몸을 살폈다. 갑자기 거울을 보던 미스 노가 내 팔을 잡아당겨 거울 앞에 나를 세웠다.

"얼핏 비슷하네 뭐."

미스 노는 거울 속에 비친 자신의 몸과 내 몸을 비교했다.

"비슷하긴 뭐가 비슷해요? 난 미스 노보다 5킬로그램이나 덜 나간다고요!"

사실은 4킬로그램이다. 지난번에 미스 노가 몸무게를 물었을 때 48킬로그램이라고 거짓말을 좀 했다. 미스 노는 나만큼 날씬하지는 않지만, 가슴이나 엉덩이에 볼륨이 있어 상태가 나빠 보이지만은 않았다.

거울 속에 내가 두 명이다. 얼굴 생김새도, 몸매도 거의 같다. 거울을 자세히 보고 있으니 기분이 이상하다. 고개를 돌려 미스 노의 얼굴을 정면으로 봤다. 거울을 계속 보고 있는 것 같다. 미스 노도 나와 같은 생각을 하고 있는지, 아무 말도 하지 않고 나를 바라보고 있다. 미스 노는 분명 십 년 뒤의 나지만, 미스 노와 내가 같은 사람이라는 생각을 이제까지 하지 못했다. 그냥 미스 노는 미스 노고, 나는 나였다. 하지만 지금은 미스 노가 다른 사람이라고 느껴지지 않는다.

나를 보고 있던 미스 노가 손으로 내 뺨을 만졌다.

"뭐하는 거예요?"

내가 소리치자, 미스 노가 얼른 손을 거두었다.

"얼른 옷 갈아입고 나와요. 운동하러 가야죠."

"운동? 내일모레가 대회니까 오늘은 좀 쉬자."

미스 노가 침대에 털썩 주저앉았다.

"대회가 코앞인데 쉬긴 어떻게 쉬어요? 조금이라도 운동을 더 해야 한다고요. 빨리 일어나라고요."

미스 노는 나에게 정말 지독하다고 말하면서도 순순히 트레이닝복으로 갈아입었다.

운동을 마친 뒤 미스 노와 소파에 앉아서 텔레비전을 보고 있는데, 현관문 벨이 울렸다. 미스 노는 밤 10시가 다 되어 가는 시간에 올 사람이 없는데 이상하다며 현관으로 나갔다.

"누구세요?"

바깥에서 "나야."라는 소리가 들렸다. 목소리를 들으니 은지다. 미스 노가 문을 열었더니, 은지가 미스 노를 밀치고 집 안으로 들어왔다.

"서프라이즈!"

은지는 양손에 든 비닐봉지를 높이 들며 말했다.

"이게 뭐야?"

미스 노가 비닐봉지를 받아들었다. 은지가 들어오니, 고소한 튀김 냄새가 집 안 가득 풍겼다.

"내가 너 응원해 주려고 치킨이랑 맥주 사 왔지. 나 잘했지?"

순간 내 입에서 "이 지지배야. 너 정신이 있어, 없어?"라는 말이 튀어나올 뻔했다. 모델 선발대회를 이틀 앞둔 친구에게 고열량의 치킨과 맥주를 사 오다니, 은지는 정말 생각이 없다.

"너 5킬로그램이나 감량했다며? 내가 그 이야기 듣고 축하해 주려고 왔잖니. 근데 너 정말 살 많이 빠졌다. 완전 다른 사람 같은데?"

은지는 미스 노의 주위를 빙빙 돌며 미스 노의 몸을 관찰했다. 미스 노의 팔뚝을 만져 보고, 허벅지를 쿡쿡 찌르기도 했다.

"야, 진짜 신기하다. 어떻게 삼 주 만에 이렇게 다른 사람이 되냐? 나도 살 빼면 좀 예뻐질까? 근데 도대체 너 어떻게 살 뺀 거야? 나 좀 알려 줘."

은지의 칭찬에 내가 다 흐뭇했다. 내 눈에는 허점이 여기저기 보이지만, 다른 사람 눈에는 미스 노의 몸이 근사해 보이나 보다.

"그런데 살이 빠지니까 얼굴이 좀 그렇다. 피부에 탄력이 더 없어졌어."

은지는 미스 노의 얼굴을 들여다보며 말했다.

"화장 잘하면 표시 안 나."

"표시 안 나긴? 탄력 크림 열심히 발라. 잘못하면 삼십 대처럼 보이겠어."

은지가 미스 노의 얼굴에 대해 지적하자 은근히 내 기분이 나빴다.

"운동 열심히 하면 살 빠져?"

은지가 미스 노에게 꼬치꼬치 물었다.

"언니는 살이 단단해서 잘 빠지지 않을 것 같은데요? 근육 같은 살은 원래 잘 안 빠져요."

난 은지를 흘끗 쳐다보며 말했다. 그러자 은지는 기분 나쁘다는 듯 나를 한번 쳐다보더니, 미스 노에게 빨리 치킨을 먹자고 했다.

은지가 탁자 위에 치킨 박스를 열었다. 치킨이 아직 식지 않았는지, 김이 모락모락 났다.

"먼저 먹고 있어. 나 손 좀 씻고 올게."

은지가 화장실로 들어갔다.

"이거 먹을 거예요?"

내 물음에 미스 노가 고개를 끄덕였다.

"미쳤어요? 대회가 내일모레라고요."

"그래도 사 온 사람 성의가 있는데 어떻게 안 먹어?"

미스 노와 실랑이를 벌이고 있는데, 은지가 돌아왔다.

"저기, 예슬 언니는 이거 못 먹어요."

"왜?"

은지가 나를 쳐다봤다.

"대회가 내일모레잖아요. 이거 먹으면 다시 금방 살찔 거예요."

"치킨 몇 조각 먹는다고 살이 쪄 봐야 얼마나 찌겠어?"

은지는 내 말을 대수롭지 않게 여겼다. 그리고 치킨 한 조각을 들어 미스 노에게 건넸다.

"안 된다니까요!"

나는 은지 손에 들린 치킨을 빼앗아 들었다.

"네가 무슨 상관이야? 예슬이는 먹고 싶어 할 수도 있잖아."

은지는 미스 노의 동의를 구하기 위해 미스 노를 쳐다봤다.

"안 돼요. 금방 살쪄요."

내가 소리치자, 미스 노는 나와 은지를 번갈아 보며 어쩔 줄 몰라 했다.

"미안해, 은지야. 아무래도 치킨은 못 먹겠다. 대회 끝나고 같이 먹자."

미스 노의 말에 은지가 인상을 찌푸렸다. 역시 미스 노는 내 편이다.

"대신 제니퍼가 먹을 거야. 그렇지?"

미스 노가 나를 쳐다보며 동의를 구했다. 지금 이 치킨을 나보고 먹으라고? 그것도 밤 9시가 넘은 시간에? 나는 고개를 절레절레 흔들었지만 미스 노는 씩 웃으며 나를 쳐다봤다. 은지는 옆에서 기분 나쁜 듯 고개를 떨구고 있었다.

"언니, 저랑 같이 먹어요."

난 손에 들고 있던 치킨을 들어 입에 넣었다. 한 입 먹어보니, 꽤 맛이 좋았다.

"그러면 할 수 없지 뭐. 내가 생각이 짧았어."

은지는 아쉬운 표정을 짓고는 치킨을 집어 입에 넣었다.

이내 서운한 마음이 사라졌는지, 미스 노를 신경도 쓰지 않고 신나게 치킨을 먹었다.

치킨을 한 조각만 먹으려고 했지만 한 조각 먹고 나니 또 먹고 싶어졌다. 치킨을 집을까 말까 고민하고 있는데, 미스 노가 나를 보며 말했다.

"먹어. 내일 나랑 같이 운동하면 되잖아."

어떻게 할까 고민하다가 한 조각을 집었다. 이번에는 후라이드 치킨이다.

미스 노는 나와 은지가 먹고 있는 것을 가만히 지켜보기만 했다. 미스 노는 물만 마셨다. 미스 노를 앞에 두고 음식을 먹으려니 미스 노에게 조금 미안하다. 나와 은지가 먹는 것을 보고 있으면 얼마나 먹고 싶을까? 미스 노는 나와 은지를 신경 쓰지 않고 조금씩 조금씩 물을 마셨다.

"참, 너 이주영 KBC 방송국 기자 된 거 알아? 요즘 9시 뉴스에 자주 나와."

은지가 맥주잔을 탁자 위에 내려놓으며 말했다.

"이주영? 걔가 누군데?"

미스 노는 잘 모르겠다고 대답했다.

"왜 있잖아. 고 1때 우리 반이었던. 뿔테 안경 쓰고, 매일 책만 읽었던 애. 나랑 같은 아파트 살고."

"잘 모르겠는데?"

미스 노는 기억이 나지 않는다고 했고, 은지는 "하긴 너 원래 반 애들한테 관심 없었으니까."라고 말했다.

"그 이주영이요?"

난 이주영을 안다. 지금 우리 반인데 왜 모르겠는가? 3월달에 잠깐 짝을 했는데, 오예진처럼 두꺼운 책을 많이 읽었다.

"네가 이주영을 알아?"

"네? 아, 저기."

내가 아무 말도 못하고 있자, 미스 노가 "뉴스에서 봤나 보지 뭐."라고 대신 대답해 주었다. 후유, 잘못하면 의심받을 뻔했다. 짝이 되었을 때, 이주영은 나와 친해지고 싶어 했다. 나에게 다이어트 방법도 묻고, 자기가 재밌게 읽은 책을 추천해 주려고도 했다. 하지만 나는 별 관심을 보이지 않았다. 내 머릿속에는 친구보다 온통 모델이 되는 것에만 관심이 있었으니까. 미스 노가 이주영을 기억하지 못하고 있듯, 이주영도 나를 기억하지 못할 것이다. 비록 미스 노에게 은지 같은 좋은 친구가 있긴 하지만, 친구가 한 명뿐이라는 건 좀 별로다.

"하여튼 걔 때문에 요즘 미치겠어. 걔가 뉴스 나올 때마다 엄마가 날 부르는 거 있지? 나보고 어쩌라는 건지?"

은지는 맥주를 벌컥벌컥 들이켰다.

"그래도 다행이라고 생각해. 앵커 됐으면 어쩔 뻔했어? 그나마 기자는 매일 나오지는 않잖아."

미스 노가 웃으면서 말했고, 은지가 맞다며 고개를 끄덕였다.

"참, 내일모레 대회 몇 시에 해?"

"2시. 왜? 오게?"

미스 노는 벌써 세 컵째 물을 마시면서 대답했다.

"당연히 가야지. 너희 엄마도 못 오시잖아."

"됐어. 오지 마."

"벌써 그날 휴가 냈어. 내가 가서 응원할 거야."

"그래, 너밖에 없다."

은지가 굳이 오겠다고 하자 미스 노도 싫은 기색은 아니었다. 비록 모델 선발대회를 앞둔 친구에게 치킨을 사 오는 무개념의 은지지만, 의리 하면 또 주은지다. 난 친절하게 은지의 빈 잔에 맥주를 따랐다.

"근데 너 얼굴이 훨씬 좋아졌어. 살 빠져서 예뻐진 게 아니라, 밝아졌어."

"그래?"

"응. 너 공부할 때는 얼마나 우울해 보였는지 몰라. 이번에 꼭 잘됐으면 좋겠다. 공무원은 정말 너랑 안 어울려. 알지?"

미스 노는 웃으며 고개를 끄덕였다.

"3등 안에 들면, 정식으로 청바지 모델로 계약하는 거지?"

"응. 그런데 본선 진출자 중에 현재 모델로 활동하고 있는 사람들도 꽤 되는 것 같아."

미스 노의 목소리에 기운이 없었다.

"너도 슈퍼모델 출신이잖아. 주눅 들지 마. 너 분명 잘될 거야."

은지가 미스 노의 어깨를 두드리며 말했다. 은지의 말에 가슴이 찌릿했다. 나 역시 미스 노에게 늘 대회에서 입상할 수 있을 거라고 말했지만, 사실은 확신이 없었다. 그런데 다른 사람에게 응원을 받으니 힘이 난다. 삼 주간의 다이어트 기간은 사실 그리 긴 시간은 아니었다. 하지만 하루하루가 쉽지 않았다. 미스 노와 매일 다투고, 힘들어하는 미스 노에게 계속 재촉하고. 미스 노와 다이어트를 하며 있었던 일들이 머릿속을 스쳐 지나갔다.

"오예슬, 생각해 보니까 옛날에 네가 예뻤던 건 날씬한 몸 때문만은 아니었던 것 같아."

"그럼?"

"네 밑도 끝도 없는 자신감. 그게 네 매력의 8할이었어."

은지는 내 흉내를 낸다며, 고개를 45도 각도로 뻣뻣이 들어올리더니 "왜 이래? 나 오예슬이야."라는 말을 했다. 조금도 비슷하지 않았지만, 미스 노는 뭐가 웃긴지 우아하지 못하게 낄낄거리며 배를 잡고 웃었다.

"그런데 얘는 언제 다시 미국에 가는 거야?"

은지가 나를 가리키며 물었다.

"글쎄."

미스 노가 대답을 제대로 하지 못했다. 돌아가는 일을 생각하니 답답해졌다. 미스 노도, 나도 내가 언제쯤 나의 시간으로 돌아갈 수 있는 건지 알지 못했다.

"아직 출국 날짜 안 정했어?"

"응."

"하긴. 아줌마가 안 계시니까 둘이 있는 게 오히려 낫겠다."

은지와 미스 노는 화제를 다른 곳으로 돌렸다. 요즘 인기리에 방영 중인 텔레비전 드라마 이야기를 했다. 나도 미스 노와 함께 그 드라마를 열심히 챙겨 보지만 이미 이야기가 귀에 들어오지 않았다. 도대체 나는 언제쯤 돌아갈 수 있을까? 조금 있으면 여기에 온 지 한 달이다. 어떻게 해야 돌아갈 수 있는 건지 도저히 모르겠다. 만약 이대로 평생 여기에서 살게 된다면 나는 어떻게 되는 걸까? 나는 영원히 미스 노와 나 사이에 있었던 십 년을 알지 못한 채 살아야 하는 걸까?

은지는 내일 회사에 일찍 가 봐야 한다며, 그만 가 보겠다고 일어섰다. 미스 노는 은지를 지하철 역까지 데려다주겠다며 같이 나갔다.

탁자 위에 있는 치킨 박스를 보았다. 미스 노와 은지가 대화하는 것을 지켜보는 사이, 은지와 함께 치킨 한 마리를 다 먹어 치웠다. 도대체 내가 몇 조각이나 먹은 건지 모르겠다. 은지가 버린 뼈와 내가 버린 뼈가 뒤섞여 있어 가늠이 안 된다. 게다가 콜라까지 마셔 버렸다. 미스 노 대신 조금만 먹겠다고 했지만, 배가 부른 것을 보니 꽤 많이 먹은 것 같다.

 주방에 있는 체중계를 꺼내 왔다. 몸무게가 얼마나 늘었는지 궁금했지만 막상 체중계 위에 올라갈 자신이 없었다. 만약 1킬로그램 이상이 늘었으면 어쩌지? 생각이 너무 짧았다. 딱 한 조각만 먹기로 해놓고, 계속 집어 먹었다.

 체중계를 보고 충격 받지 않기 위해서는 변비 약을 먹고 내일 체중을 재 보는 수밖에 없다. 약상자를 열어 변비 약을 찾았지만, 약이 보이지 않았다. 그렇다면 방법은 딱 하나다.

 나는 서둘러 화장실로 들어갔다. 비누로 손을 깨끗이 씻은 후, 오른손 검지 손가락을 입안에 넣으려고 하는데 갑자기 화장실 문이 벌컥 열렸다.

 "하지 마."

 언제 집에 들어왔는지 미스 노가 나를 지켜보고 있었다. 미스 노에게 나가 달라고 말했다.

 "그렇게까지 해서 살 빼야겠어? 너 지금 충분히 날씬해. 그러니까 굳이 그러지 마."

"오늘 너무 과식했단 말이에요. 치킨 열량이 얼마나 되는지 몰라서 그래요?"

"몸무게 1, 2킬로그램에 제발 안달하지 마. 변비 약 먹고, 토하고, 그렇게 해서 살 빼면 뭐할 건데?"

미스 노가 내 팔을 잡아끌었고, 어쩔 수 없이 미스 노에게 끌려 화장실 바깥으로 나왔다.

"그렇게 안달했기 때문에 모델 생활을 오래하지 못했다고. 자꾸 다른 사람이랑 비교하고, 나 자신을 못살게 굴고. 너 꼭 뭐 같은 줄 알아? 백조 같아."

"그게 뭐 어때서요? 우아하고 예쁘기만 하잖아요."

"백조가 뭐가 우아해? 겉에서 보기에만 그렇지, 물속에서는 얼마나 발을 동동 구르고 있는데. 뭐든 억지로 하면 탈이 나는 거야. 앞으로 다시는 그런 짓 하지 마."

미스 노가 무섭게 나를 쳐다봤다.

"잘 생각해 보고, 그래도 화장실에 가고 싶으면 가. 돌이켜 보면 내가 한 행동이 늘 옳지는 않았다고."

미스 노는 그 말을 남기고 방으로 들어갔다. 화장실 옆 거실 벽면 거울에 내가 비쳤다. 난 몸을 돌려 거울 앞에 서서 나를 가만히 보았다. 좋은 모델이 되는 조건이 무엇일까? 예쁜 얼굴? 날씬한 몸? 모델에게 있어 몸 관리는 당연한 일이다. 하지만 그 일이 내 몸을 해치는 일이라면 어떨까? 건강하지 못한 몸을 가지고 몸으로 표현하는 일을 한다는 건 말이 안 된다. 건강하지 못한 모델의 몸은 '죽은 몸'일 뿐이다. 거울 속에 비쩍 말라 피폐해진 해골 몰골을 한 여자가 보였다. 난 재빨리 눈을 감고 고개를 흔들었다. 다시 눈을 떠보니, 거울에는 내가 보였다. 어떻게 해야 할까 고민하다가 다시 화장실로 들어가지 않았다. 미스 노의 일기가 떠올랐다.

나는 내 몸이 참 좋다. 길을 지나갈 때, 다른 사람들이 부러워하며 나를 쳐다봐 주는 것도 좋고, 스스로 거울을 보면서도 흐뭇하다. 하지만 뭐든 지나치면 모자란 것만 못할 것이다. 아무래도 조금은 나를 덜 채찍질하는 게 좋을 것 같다.

눈이 부셔 더 잠을 잘 수 없었다. 눈을 떠 보니, 창가로 햇살이 한가득 쏟아지고 있었다. 벌써 아침 9시다. 어제 깜빡하고 알람을 맞추지 않은 채 잠이 들었다. 어젯밤 늦은 시간에 먹은 치킨 때문에 소화가 되지 않아 잡지를 읽다가 늦게 잤다. 새벽 2시가 되어서야 잠들었던 것 같다.

미스 노를 깨워 같이 운동을 갔어야 했는데 큰일이다. 서둘러 미스 노의 방으로 갔다. 노크를 했지만, 안에서 대답이 없었다.

"미스 노 얼른 일어나요!"

문을 열고 들어가 보니, 미스 노가 방에 없었다. 화장실에

간 걸까? 방에서 나와 화장실로 가 봤지만 그곳에도 미스 노는 없었다.

"미스 노! 어디 있어요?"

미스 노를 부르며 이 방 저 방 문을 열었다. 미스 노가 보이지 않았다.

미스 노는 어디 간 걸까? 대회를 하루 앞두고 두려움에 도망친 거면 어쩌지?

지난번에도 미스 노는 말도 없이 사라져 이틀 뒤에 돌아왔다. 내가 어디를 갔던 것이냐고 몇 번 물었지만 미스 노는 끝까지 대답해 주지 않았다.

미스 노에게 전화를 걸었다. 통화음이 울리는 것과 동시에 미스 노 방에서 휴대폰 벨소리가 울렸다. 미스 노는 휴대폰을 두고 나갔나 보다.

미스 노가 이대로 돌아오지 않을까 봐 걱정하며 거실을 서성이고 있는데, 현관문이 열리는 소리가 들렸다. 현관쪽으로 뛰어가 보니 미스 노다.

"도대체 어디 갔다 온 거예요?"

내가 소리를 지르자, 미스 노는 어리둥절한 표정으로 나를 쳐다보았다.

"운동하고 왔어. 왜? 무슨 일 있어?"

정신을 차리고 보니, 미스 노는 트레이닝복 차림이었다. 미스 노는 내가 어제 늦게 잠든 것 같아 혼자 운동을 하고 왔다고 했다. 미스 노의 이마에서는 땀이 잔뜩 흐르고 있었다.

"샤워하고 나와요. 아침 차릴게요."

미스 노가 목욕탕으로 들어가는 것을 본 후, 주방으로 들어왔다.

밥을 먹는 동안, 미스 노는 별다른 말을 하지 않았다. 미스 노는 묵묵히 젓가락으로 밥을 조금씩 떠 먹고 있다. 물론 평소에도 미스 노는 거의 나에게 먼저 말을 걸지 않는다. 주로 말을 하는 건 내 쪽이다. 하지만 오늘은 나도 미스 노에게 말을 거는 게 조심스럽다.

"할 말 있어?"

밥을 먹던 미스 노가 갑자기 고개를 들어 물었다.

"아니요."

"근데 왜 그렇게 내 눈치를 살펴?"

"내가 언제요?"

난 미스 노를 쳐다보지 않고, 조용히 밥을 먹었다.

"오늘 운동은 나 혼자 할게."

"네?"

"그냥 그렇게 하고 싶어. 너는 집에서 좀 쉬어."

"하지만."

"지난번처럼 도망칠까 봐 그래? 오늘은 어디 도망 안 가니까 걱정하지 마."

왠지 오늘은 미스 노를 믿어 주고 싶었다. 난 알았다고 대답했다.

운동 시간이 되자, 미스 노는 나에게 쉬고 있으라며 혼자 운동하러 갔다. 매일 미스 노와 붙어 있다가, 혼자 집에 있으려니 심심하다. 처음에 미스 노는 내가 옆에서 잔소리를 해야만 운동을 했는데, 조금씩 적응을 하면서부터는 내가 뭐라고 하지 않아도 혼자 척척 했다. 먹는 것만 하더라도 간식은 일절 입에 대지 않고, 적은 양의 식사를 가지고 불만을 토로하지도 않았다. 이제 미스 노가 나 없이도 혼자 다이어트를 할 수 있다고 생각하니, 기분이 좋으면서도 한편으로는 조금 섭섭했다.

"딩동, 딩동."

현관문 벨이 계속 울리고 있다. 소파에 누워 있다가 깜빡 잠이 들었나 보다.

"누구세요?"

문을 열어 보니, 옆집 아줌마다.

"안녕하세요."

아줌마는 내 인사를 받는 둥 마는 둥 했다. 아줌마는 몹시 다급한 표정이었다.

"혹시 우리 어머님, 여기 안 오셨어?"

"아니요. 할머니가 사라지셨어요?"

"도대체 어딜 가신 거야? 아파트 주변을 다 찾아봐도 안 계시네."

아줌마는 혹시 할머니가 우리 집에 오면 연락해 달라며, 휴대폰 번호를 알려 주고 갔다.

텔레비전을 켰지만, 눈에 들어오지 않았다. 할머니는 도대체 어디 간 걸까?

텔레비전을 끄고, 집 밖으로 나왔다.

할머니와 몇 번 만났던 벤치에 갔지만, 벤치는 텅 비어 있었다. 아파트 구석구석을 돌아다녔다. 놀이터, 경비실 뒤, 단지 내 슈퍼마켓을 가 봤지만 할머니는 보이지 않았다. 사람들에게 할머니의 인상착의를 설명하며, 혹시 보지 못했느냐고 물었지만 모두들 고개를 절레절레 흔들었다.

할 수 없이 아파트로 다시 돌아왔다. 엘리베이터 버튼을 누른 후, 엘리베이터가 집에 도착하기를 기다렸다.

13층에서 문이 열렸는데, 그 앞에 사람이 떡 하니 서 있었다. 할머니였다.

"할머니, 여기서 뭐하세요?"

"우리 식구들이 나 떼놓고 다 놀러 나갔어."

할머니의 얼굴이 붉으락푸르락했다. 할머니 손에는 검은색 비닐 봉지가 들려 있었다.

옆집 벨을 눌렀지만, 아무도 나오지 않았다. 아줌마는 아직도 바깥에서 할머니를 찾고 계시는가 보다.

우선 할머니를 모시고 우리 집으로 들어왔다. 아줌마가 알려 준 번호로 전화를 걸어 할머니가 집 앞에 계셨다고 알려 드렸다. 아줌마는 할머니 딸이 살고 있는 청주에 내려가고 있는 길이라고 했다. 지난번에도 할머니가 사라진 적이 있는데, 그때 청주 버스 터미널에서 할머니를 찾았다고 했다. 아줌마는 한 시간 정도만 할머니를 봐 달라고 부탁했다.

"배고파, 얼른 밥 줘!"

할머니의 호통에 얼른 냉장고에서 반찬을 꺼내 식사를 차렸다.

"반찬이 이게 뭐야? 내가 토끼야? 풀만 먹게?"

식탁 위에는 밥과 콩나물 무침, 데친 브로콜리와 생오이밖에 없었다.

"우리 집엔 이거밖에 없어요. 그러니까 그냥 드세요."

할머니는 못마땅한 표정으로 숟가락을 들었다.

"도대체 어디 가셨던 거예요?"

할머니는 대답하지 않고, 밥만 계속 드셨다.

"아줌마가 얼마나 찾았는지 아세요? 앞으로 어디 혼자 다니지 마세요. 그러다가 큰일 나요."

할머니가 내 이야기를 듣는 것 같지 않았다. 할머니는 숨도 쉬지 않고 밥 한 그릇을 금방 비웠다. 그러고는 더 달라며 밥그릇을 내게 내밀었다. 이러다가 체하는 건 아닌지 걱정되었지만, 할머니가 자꾸 재촉을 해서 한 그릇을 더 퍼 드렸다.

"너도 이제 그만 떠돌고 집에 돌아가."

"네?"

"네 가족이 너를 찾고 있다고."

"할머니, 제가 누군지 아세요?"

할머니는 숟가락을 식탁 위에 내려놓은 후, 나를 보고 씩 웃으셨다.

"알지. 넌 복실이잖아."

김샜다.

"할머니, 천천히 많이 드세요."

난 할머니에게 물을 한 잔 갖다 드렸다.

할머니가 가져온 검은색 비닐 봉지 틈으로 네모난 상자가 보였다. 화장품인가 싶어 살짝 들춰 봤더니, 염색약이었다.

"할머니, 이거 할머니가 샀어요?"

밥을 먹던 할머니가 그렇다고 고개를 끄덕였다.

"염색하시려고요?"

"뺏은 거 아니야. 내가 샀다니까!"

할머니가 내 곁으로 오더니, 비닐 봉지를 낚아챘다. 할머니에게 가져가지 않을 거라고 말했지만, 할머니는 봉지를 더욱 꽉 껴안았다.

"제가 염색해 드릴까요?"

할머니가 나를 살며시 쳐다보았다. 내 말을 알아들으신 것 같았다.

"잘할 수 있어요. 제 친구 은지 머리 염색도 다 제가 해 줬다고요."

할머니는 잠시 고민을 하더니, 봉지를 내게 내밀었다.

상자를 열어 염색약과 설명서를 꺼냈다. 주방 서랍에서 보자기를 꺼내 할머니의 어깨에 둘렀다. 방바닥에 신문지를 펼친 후, 염색약 두 개를 혼합 용기에 넣고 섞었다. 하도 여러 번 해 본 거라 조금도 어렵지 않았다.

"할머니, 제가 예쁘게 해 드릴 테니까 가만히 계세요."

할머니가 알았다고 고개를 끄덕였다. 나는 빗으로 섞어 놓은 염색 크림을 할머니 머리에 촘촘히 발랐다. 머리 숱이 많지 않아 약을 바르는 데 오래 걸리지 않았다. 염색약을 바르니 할머니의 머리카락이 검은색으로 변했다. 그러자 할머니 얼굴의 주름까지 더 옅어 보이는 것 같았다.

십 분 정도 시간이 흐른 후, 나는 할머니를 데리고 화장실로 갔다.

"할머니, 여기에 고개를 숙이세요."

할머니가 욕조 안으로 머리를 밀어 넣었다. 나는 샤워기

물을 틀어 물이 따뜻한 것을 확인한 후, 할머니 머리를 감겼다. 욕조 바닥에 검은색 물이 흘러내렸다.

"차가워, 이것아!"

"알았어요."

할머니가 소리를 질러, 물 온도를 조금 높였다. 검은색 물이 나오지 않을 때까지 여러 번 머리를 헹궜지만, 할머니 머리를 닦은 수건에 검은색 물이 약간 묻어 나왔다.

"할머니, 머리 말려 드릴게요."

내 방에서 헤어 드라이기를 가져와 할머니 머리를 말렸다. 할머니는 머리를 감을 때처럼 바람이 차갑다, 뜨겁다 잔소리를 계속했다.

드라이 빗을 이용해 머리카락의 컬을 만들었다. 드라이를 하고 나니, 할머니가 더 예뻐 보였다.

"어때요? 십 년은 더 젊어 보이죠?"

할머니에게 거울을 보여 주었다. 할머니도 마음에 드는지 미소를 지어 보였다.

"할머니도 십 년 전 모습을 되찾았는데, 저는 언제 제 모습을 되찾을 수 있을까요? 저 영영 이대로 못 돌아가면 어떻게요?"

"걱정 마라, 복실아."

갑자기 할머니가 내 손을 잡았다.

"됐어요. 이제 안 속아요."

나는 할머니를 보며 그냥 웃었다.

염색 도구를 치우고 있는데 수영을 하러 갔던 미스 노가 돌아왔다. 할머니가 소파에 앉아 있는 걸 본 미스 노는 어떻게 된 일이냐고 물었다. 내가 자초지종을 설명하자, 미스 노는 알겠다며 고개를 끄덕였다.

"안녕하세요, 할머니."

미스 노가 할머니에게 다가가 인사했다. 미스 노를 본 할머니는 미스 노와 나를 계속 번갈아 보았다.

"이게 뭐야? 왜 똑같은 게 두 개 있어?"

할머니가 소파에서 벌떡 일어나더니, 갑자기 미스 노를 때리기 시작했다.

"사라져라! 사라져!"

할머니가 미스 노의 등짝을 후려치며 소리를 질렀다.

"할머니, 왜 그러세요? 아파요!"

미스 노가 아프다며 도망쳤지만, 할머니는 미스 노를 따라다니며 계속 때렸다. 한참 그러던 할머니가 갑자기 우뚝 멈춰 섰다. 그러고는 몸을 돌려 내 쪽으로 달려왔다.

"사라져라! 사라져!"

할머니가 이번에는 나를 때리며 소리쳤다.

"할머니, 왜 그러세요? 염색까지 해 드렸는데 왜 때려요?"

나는 할머니로부터 도망치기 위해 뛰었고, 할머니는 미스 노와 나를 보고 혼란스러워하며 우리 둘을 한꺼번에 쫓아다녔다.

한참을 미스 노와 나를 쫓아다니던 할머니는 힘이 드셨는지 바닥에 주저앉았다. 할머니는 켁켁거리며 물을 가져오라고 소리를 질렀다. 미스 노와 나는 서로에게 미루었다. 할머니에게 물을 가져다주다가 얻어맞을지도 모른다. 미스 노와 내가 망설이고 있는데, 할머니가 물을 가져오지 않고 뭐하냐고 계속 소리쳤다. 할 수 없이 미스 노와 나는 즉석에서 가위바위보를 했다.

"가위바위보!"

미스 노는 바위를 냈고, 나는 가위를 냈다. 난 할머니가 달려들까 봐 할머니를 계속 주시하며 주방으로 갔다.

컵에 물을 따라 할머니에게 가져갔다.

"여기요!"

나는 얼른 할머니에게 물 잔을 건네고 뒤로 도망쳤다. 다행히 할머니는 나를 잡지 않았다. 하지만 혹시 할머니가 물을 마신 후, 다시 기력을 회복하여 우리를 때릴까 봐 안심할 수만은 없었다.

할머니가 물을 마시는 것을 지켜보고 있는데, 현관문 벨이 울렸다. 옆집 아줌마인 것을 확신한 나는 얼른 달려가 문을 열었다.

"어머니!"

아줌마가 집 안으로 들어오면서 할머니에게 달려갔다. 할머니는 아줌마를 보고 고개를 획 돌리며 소리쳤다.

"도대체 어디 갔다 온 거야? 한참 기다렸잖아!"

아줌마는 할머니를 일으켜 세운 후, 나와 미스 노에게 고맙다고 인사를 했다.

"어머, 둘이 너무 닮았네. 누가 예슬이고, 누가 사촌 동생인지 모르겠어."

아줌마가 나와 미스 노를 번갈아 보며 말했다. 사촌이 어쩜 이렇게 닮을 수 있느냐며 아줌마는 신기해했다. 만약 아줌마가 우리의 진짜 사연을 알게 된다면, 훨씬 더 신기해할 거다.

"근데 어머니 머리는 어떻게 된 거예요?"

아줌마가 할머니의 머리카락을 만지면서 묻자, 할머니는 "예쁘지?"라고 말하며 웃으셨다.

"할머니가 염색약을 사 오셨기에 제가 해 드렸어요."

나는 할머니가 염색약을 사러 나갔던 것 같다는 말을 전했다.

아줌마에게 몸을 의지한 할머니는 배가 고프다고 아줌마에게 말했다. 내가 밥을 두 그릇이나 드셨다고 하니, 아줌마는 원래 그러신다고 했다.

"똑같은 게 두 개가 있을 순 없는 일이야. 하나는 사라져야 해."

할머니는 집을 나서면서 고개를 설레설레 저으며 말했다.

아줌마와 할머니가 나간 후, 우리는 바닥에 주저앉았다. 의도하지 않게 할머니와 술래잡기 놀이를 했더니 기운이 하나도 없었다. 미스 노는 저녁 식사 시간 전까지 잠깐 쉬어야겠다며 방으로 들어갔고, 나도 내 방으로 들어왔다.

잠이 오지 않아, 거실에 나와 텔레비전을 켰다. 미스 노가 깰까 봐 거실 불도 켜지 않고, 텔레비전 볼륨도 가장 낮게 맞췄다.

낮잠을 자지도 않았는데, 이상하게 잠이 오지 않았다. 대회가 하루 앞으로 다가왔다. 내일 이 시간이면 모든 게 결정 나 있을 거다. 미스 노는 완벽하지는 않지만 그래도 어느 정도 예전 몸매를 되찾았다. 하지만 대회에서 입상할 수 있을까? 미스 노에게 분명 잘될 거라고 큰소리치긴 했지만 걱정이 된다.

"안 자고 뭐해?"

미스 노의 목소리에 깜짝 놀랐다. 어느새 미스 노가 거실에 나와 있었다.

"텔레비전 소리 때문에 깼어요?"

"아니. 아직 안 잤어."

"빨리 자야죠. 늦게 자면 피부 나빠진단 말이에요."

"알았어. 잘 거야."

미스 노는 말을 그렇게 하면서 내 옆으로 와서 앉았다.

"그러는 너는 왜 안 자?"

"대회 나가는 건 내가 아니라 미스 노잖아요."

내 말에 미스 노는 치, 하고 웃었다.

"근데 너 왜 나한테 언니라고 안 불러? 꼭 '그쪽' 아니면 '미스 노'라고 부르더라?"

미스 노는 기분 나쁘다는 듯 물었다.

"어떻게 내가 나한테 언니라고 불러요?"

"은지한테는 언니, 언니하고 잘만 부르잖아."

"그건 내가 사촌 동생이라고 했으니까 그렇죠. 의심받기 싫어서 은지한테 언니라고 부르는 것뿐이에요."

미스 노는 자기가 나보다 열 살이나 더 많다며, 나에게 자꾸 언니라고 부르라고 시켰다. 내가 싫다고 했지만 미스 노는 끈질기게 강요했다. 차마 '언니'라는 말이 입에서 나오지 않았다. 어떻게 내가 나에게 언니라고 부를 수 있겠는가.

"대회는 두 번째 나가는 거죠?"

"응. 스무 살 때 슈퍼모델 대회 나간 이후에 처음이야."

미스 노는 슈퍼모델 대회에서 3위 안에 입상은 하지 못했지만, 포토제닉 상을 받았다.

"그땐 어땠어요? 떨렸어요?"

"처음 나가는 대회라서 많이 떨렸어. 실수하면 어쩌지 싶고, 만약 1등 하면 수상 소감을 뭐라고 말해야 하나 괜한 걱정도 하고 그랬어."

어두워서 보이지 않았지만, 미스 노는 웃고 있는 듯했다.

"지금은 어때요? 지금도 떨려요?"

"별로."

"왜요?"

"아무 생각도 안 나. 그냥 담담해."

미스 노에게 왜 그러냐고 묻고 싶었지만 그만두었다. 미스 노 역시 그 이유를 잘 설명할 수 있을 것 같지 않았다.

"왜 모델 일을 그만둔 거예요? 아무리 힘들어도 가장 좋아하는 일이었잖아요?"

"어떤 남자 배우가 있어. 그런데 그 남자 기사마다 악성 댓글을 다는 안티가 있는 거야. 결국 그 남자 배우가 고소를 했는데 그 안티가 누구였는 줄 알아?"

난 모르겠다고 고개를 저었다.

"그 남자 배우 옛날 팬클럽 회장이었대. 그 남자 배우가 결혼했는데, 그 때문에 그 팬이 돌아선 거야. 가장 사랑했으니까 가장 미워할 수도 있는 거야."

"말도 안 돼. 결혼했다고 그럴 게 뭐야? 그리고 그게 미스 노랑 무슨 상관이에요?"

미스 노가 어깨를 올렸다 내리며 피식 웃었다. 미스 노의 말대로라면, 어쩌면 나 자신을 사랑하는 일이 나를 가장 미워하는 일이 되어 버릴지도 모른다. 나를 지키려고 내세웠던 자존심이 독 묻은 화살이 되어 나를 찌르는 건 정말 싫다.

"미스 노, 만약에 십 년 전으로 돌아간다면, 해 보고 싶은 일 있어요?"

"글쎄."

"못해 봐서 후회했던 일 같은 거 있을 거잖아요."

"그런 거 없어. 지나간 일에는 미련을 둘 필요가 없는 거야."

미스 노의 말이 잘 이해가 가지 않았다. 가끔 미스 노는 내가 알아들을 수 없는 말을 했다.

"모난 돌이 정 맞는다는 말이 있어. 적당히 튀면서 사는 것도 나쁘지 않아. 꼭 기억해 두라고."

"아직도 내가 미워요?"

"그래."

"왜 그렇게 내가 미운 거예요?"

"날 자꾸 솔직하게 만들어 버리니까."

"그게 무슨 뜻이에요?"

또 해석이 되지 않았다. 내 입에서 나오는 말을 왜 나는 이해할 수 없는 걸까?

"십 년 뒤에 알게 될 거야. 이제 그만 들어가서 자자."

미스 노가 소파에서 일어나며 말했다.

"알았어요."

난 미스 노에게 잘 자라는 말을 했다. 방으로 들어가던 미스 노는 "저기" 하고 나를 불렀다.

"왜요?"

"오예슬답지 않은 말이지만, 이 말은 꼭 해야 할 것 같아서. 그동안 수고 많았어. 고마워."

미스 노는 내 대답을 듣지 않고, 방으로 쏙 하고 들어가 버렸다. 만약 미스 노가 조금만 더 늦게 들어갔다면, 나도 오예슬답지 않게 '나도 고마워요.' 라는 말을 내뱉을 뻔했다.

10. 27세 오예슬

I love me!

 어떤 옷을 입을까 고민하다가, 유선에게 선물 받은 청바지와 흰 티셔츠를 골랐다. 며칠 전에 입어 보았더니 아주 잘 맞았다. 어차피 옷은 대회장까지 가는 데만 필요하다. 오늘 대회에서의 의상은 그쪽에서 준비한 것을 입게 된다. 미리 얻은 정보에 따르면, 청바지 네 벌과 청치마 한 벌을 입을 거라고 했다.
 "다 입었어요?"
 여자애가 문을 열고 들어왔다.
 "내가 웬만해서는 칭찬 잘 안 하는데, 살이 좀 찌긴 했어도 괜찮네요."
 여자애의 말을 듣고 나니 기분이 좋다. 여자애가 칭찬할 정도라면, 내가 진짜 괜찮긴 한가 보다. 예전의 나는 남 칭찬에 야박했다.

간단하게 아침 식사를 마친 후, 서둘러 집에서 나왔다. 미용실에 들러야 하기 때문이다. 머리와 화장을 하려면 적어도 두 시간은 걸린다. 오늘 대회에서는 수정 메이크업만 해 준다고 안내되어 있었다.

10시도 채 되지 않은 시간이었지만, 미용실에 손님이 꽤 많았다. 빈 자리가 눈에 띄지 않았다. 예약을 했다며 이름을 말하니, 미용실 직원은 잠시만 앉아서 기다리라며 대기 의자 쪽으로 안내해 주었다.

"근데 미스 노, 좋은 꿈 꿨어요?"

"아니."

잠이 오지 않아, 새벽 4시가 다 되어서 잠이 들었다. 슈퍼 모델 대회에 나갈 때와는 느낌이 많이 다르다. 그때는 마냥 신나고 설레었다. 하지만 이번에는 대회 날짜가 다가오면 다가올수록 마음이 차분해졌다. 심장이 아주 느리게 뛰었고, 이러다가 숨이 멎는 게 아닐까 할 정도로 지금은 지독하게 안정된 상태다. 대회 이후에 대해 생각하지 않았다. 물론 입상을 할 거라는 기대는 없다. 대회를 준비하며, 오늘 하루만을 위해 살았다. 내일이 오지 않는다고 해도 상관없다. 계획표대로 식사를 하고, 운동을 하면 마냥 기분이 좋았다. 몸무게가 줄었기 때문만은 아니었다. 내가 무언가를 하고 있다는 사실이 좋았다. 하지만 오늘로서 모든 게 끝난다고 생각하니, 조금은 두렵다.

"너무 긴장하지 마요. 표정도 풀어요."

나는 알겠다고 고개를 끄덕였다. 아직 오늘은 한참 남았다.

"넌 뭐 좋은 꿈 꿨어?"

"네. 꿈에 선녀가 나타나서 날 안고 하늘 구경을 시켜 줬어요."

"그게 좋은 꿈이야?"

"내가 꿈을 꿀 때 기분 좋으면 좋은 꿈이죠. 난 꿈 해몽 같은 거 따로 믿지 않아요."

여자애의 말을 듣고 보니, 틀린 말 같진 않았다.

"이거요."

여자애가 손바닥 크기의 조그만 상자를 내밀었다. 상자는 리본으로 예쁘게 포장되어 있었다.

"뭐야?"

상자 뚜껑을 열었다. 예쁘게 생긴 수제 초콜릿이 네 개 들어 있었다. 초콜릿을 손가락으로 가리키며, "지금 먹으라고?" 하고 물으니 여자애가 고개를 저었다.

"오늘 입상해야 먹을 수 있어요. 입상 못하면 다시 뺏을 거예요."

"초콜릿 먹고 싶어서라도 꼭 입상해야겠네."

초콜릿을 다시 한 번 들여다본 후, 상자를 닫았다. 대회가 끝나고 여자애와 사이좋게 초콜릿을 나누어 먹을 수 있을까? 여자애와 함께 하는 동안, 기분 좋게 무언가를 먹은 적이 없었던 것 같다. 먹으려는 나와 막으려는 여자애. 제발 이 초콜릿만은 기쁜 마음으로 먹고 싶다.

"어머나, 이게 누구야?"

은지가 손을 흔들며 미용실로 들어섰다. 정말로 은지는 휴가를 냈나 보다. 어제 밤에 전화로 미용실까지 따라오겠다고 난리를 피웠다.

은지는 나에게 일어서 보라고 재촉했다. 은지의 기대에 부응하기 위해 자리에서 일어나 허리에 손을 얹고 한 바퀴 돌았다.

"오오, 오예슬! 몸매 끝내주는데?"

은지가 내 오른쪽 엉덩이를 찰싹 때렸다. 그러자 여자애가 은지를 째려봤다. 아마 자기 엉덩이를 허락 없이 때려서 그럴 거다. 난 여자애에게 표정을 풀라고 눈치를 줬지만 여자애는 계속해서 은지를 노려봤다.

"야, 그래도 네 진짜 친구는 주은지밖에 없어. 알지?"

은지가 커피를 가지러 간 사이, 여자애의 귀에 대고 말했다. 여자애도 그 말에 수긍하는지 은지가 돌아오자 친절하게 먼저 말을 걸었다.

잠시 후, 내 차례가 되었다. 미용실 실장은 내게 어떤 스타일을 원하냐고 물었다.

"최대한 화려하게 해 주세요."

"청순하게 해 주세요."

내가 대답하기도 전에, 내 옆에 달라붙은 은지와 여자애가 경쟁하듯 말했다. 은지는 모델 선발대회니만큼 화려하게 메이크업을 해서 시선을 사로잡아야 한다고 했고, 여자애는 청바지를 돋보이게 하는 게 중요하다며 수수한 메이크업을 해야 한다고 주장했다. 둘은 조금도 자신의 주장을 굽히지 않았다.

"손님이 원하는 건 뭐예요?"

은지와 여자애의 말다툼에 질린 실장이 내게 직접 물었다. 나도 어떤 스타일을 해야 할지 고민스러웠다. 은지 말을 들으면 은지 말이 맞는 것 같고, 또 여자애 말을 들으면 여자애 말이 맞는 것 같았다.

"실장님께서 알아서 해 주세요."

미용실 실장은 알겠다며, 은지와 여자애에게 방해되니 다른 곳에 가 있으라고 했다. 둘은 조용히 할 테니, 제발 옆에서 볼 수 있게 해 달라고 했다. 이번엔 내가 안 된다고 했다. 저 둘이 조용히 있을 리가 없다. 둘은 내 뒤쪽에 있는 대기 의자에 앉았다. 둘은 잡지를 보거나 대화를 나눌 생각은 하지 않고, 뚫어져라 나를 쳐다보았다.

"근데 저 뒤에 계신 손님은 친동생인가 보죠?"

"네? 네."

"어쩌면 그렇게 많이 닮을 수가 있어요? 살다가 이렇게 똑같이 생긴 자매는 또 처음 보네. 쌍둥이가 따로 없는데요?"

나는 아무 말도 하지 않고 그냥 웃기만 했다. 사람들에게 지겹게 들은 말이다. 처음에는 그 말이 듣기 싫었는데, 지금은 아니다. 아마 여자애와 나는 쌍둥이보다 더 가까울 것이다.

"다 됐어요."

메이크업과 머리를 하고 나니, 내가 딴 사람이 된 것 같았다. 거울 속에는 낯선 이가 앉아 있다. 실장은 너무 화려하지는 않지만, 그렇다고 너무 수수하지 않게 스타일을 잘 잡아주었다.

"너 이렇게 하고 나니까 진짜 모델 같아."

은지가 변한 내 모습을 보고 감탄했다. 그러자 여자애가 지지 않고 은지에게 한마디 했다.

"진짜 모델 맞잖아요. 잠시 쉬어서 그렇지 모델이었어요."

은지는 어린 게 자꾸 말대답을 해서 못마땅하다는 표정이었다. 난 이번에는 여자애에게 주의를 주지 않았다. 여자애가 한 말은 사실 내가 하고 싶은 말이었다.

대회장까지 버스를 타고 가려고 했지만, 은지는 이렇게 잘 차리고 버스를 타면 스타일이 망가질 수 있다며 택시를 타자고 했다. 대회장까지 거리가 가깝지 않아 내키지가 않았다.

여자애가 지나가는 택시를 잡아 세웠다.

"빨리 타요. 다리 아파요."

여자애는 재빨리 택시에 올라탄 채, 나와 은지에게 빨리 타라고 재촉했다.

"택시비는 내가 낼 거야. 대신, 너 오늘 입상하면 나 모른 척하기 없기다?"

은지에게 등 떠밀려 결국 택시에 탔다.

"이번에 잘돼서 매니저도 생기고, 차도 생기면 좋겠다. 그치?"

은지는 내가 입상했을 때의 시나리오를 이미 머릿속에 다 짜고 있었다. 은지는 내가 모델로 성공하면, 당장이라도 화장품 회사를 그만두고 내 매니저를 하겠다고 했다. 은지의 계획은 허황되면서도 꽤 구체적이었다. 우선 내가 입상하면, 나를 케이블 방송에 출연시키고, 그 인지도로 다양한 광고를 노릴 거라고 했다. 은지의 상상을 듣고 있는 것만으로도 기분이 좋았다.

"그럼 예전에는 매니저도 없었어요?"

여자애는 이해가 가지 않는다며 물었다.

"당연히 없지. 그건 톱 모델들만 해당하는 거야. 애한테 그런 게 있을 리가 있었겠어?"

은지가 갑자기 적군으로 돌아섰다. 그렇다면 방금 전에 했던 말들은 다 뭐란 말인가? 괜히 은지의 말에 설레었나 보다. 하긴 모델의 현실은 누구보다 내가 잘 안다.

"모델 생활은 네가 생각하는 것만큼 멋지지 않아."

난 여자애를 바라보며 말했다. 여자애는 내 말을 믿지 않는 눈치였고, 나는 말하는 것을 그만두었다. 내가 지금 백 번을 말해 봐야 여자애는 이해하지 못할 것이다.

"왜 그런 눈으로 봐요?"

여자애가 기분 나쁘다는 듯 물었다.

"아냐, 아무것도."

돌이켜 보면, 아마 내가 여자애의 나이만 했을 때가 가장 즐겁지 않았나 싶다. 그때 나는 세상의 주인이 나라고 믿었다. 내가 원하는 것은 뭐든지 다 가질 수 있을 것 같았고, 꿈꾸는 일은 당장 이루어지는 줄로만 알았다. 그 시절은 참 행복했지만, 만약 누군가가 다시 그때로 돌아가겠느냐고 묻는다면 나는 일초의 망설임도 없이 "아니"라고 대답할 것이다. 그 이후의 시간을 또다시 살아갈 자신이 없다. 물론 내 삶이 늘 바닥이었던 것만은 아니다. 좌절의 시간도 있었지만, 날

기쁘게 한 일들도 많았다. 살아가는 건 늘 올라갔다 내려갔다를 반복하는 것 같다. 지난 내 십 년은 그 주기가 너무 가팔랐다. 이제는 조금 더 천천히, 여유롭게 오르고 내려가고 싶다.

대회장에 도착하여 난 여자애와 은지를 두고 대기실을 찾아갔다. 둘이 티격태격하지 않을까 걱정되긴 하지만, 그래도 은지와 '나'는 둘도 없는 친구니까 괜찮을 거다.

대기실의 스태프는 내 이름을 확인하고는 D코너로 가라고 알려 주었다. 대기실은 A부터 J까지 열 개 부분으로 나뉘어 있었고, 각 부분에는 열 명의 출전자가 대기하도록 되어 있었다. 바쁘게 옷을 갈아입고 화장을 하고 있는 모델들을 보니 예전 생각이 났다. 처음에는 한 벌의 옷을 갈아입는 데 오 분 가까이 걸렸지만, 나중에는 삼십 초도 되지 않아 후다닥 옷을 갈아입을 수 있었다. 무대보다 더 설레는 곳은 무대에 오르기 전 대기실이었다. 머리 모양이 흐트러지지 않게 하기 위해 뿌렸던 스프레이의 향은 지독했지만, 늘 그리웠다. 스프레이 향을 맡자 가슴이 콩닥콩닥 뛰기 시작했다.

"부츠컷 먼저 갈아 입으세요. 곧 대회 시작하니 서두르세요."

D코너에는 이미 다른 출전자 둘이 와 있었다. 나를 본 출전자들이 고개를 숙여 인사를 했고, 나도 그들에게 목례를

했다. 얼핏 봤지만 여기 모인 사람들 중에서 내가 제일 나이가 많은 것 같았다. 스무 살부터 스물일곱 살까지 지원자를 뽑았고, 나는 간신히 지원을 할 수 있었다. 하지만 절대 주눅 들어서는 안 된다. 자신 없음은 바로 몸에서 표현이 된다. 나는 어깨를 좀 더 펴고, 가슴을 앞으로 내밀었다.

'이곳에서는 내가 최고다. 그 누구도 나를 따를 수 없다.'

나는 계속해서 주문을 걸었다.

"이게 누구야? 설마 오예슬?"

옷을 갈아입은 후 무대에 오르기를 기다리고 있는데, 누군가 나에게 알은척을 했다. 유혜리였다.

"너도 대회에 참가한 거야?"

나는 그렇다고 대답했다. 유혜리의 화려한 드레스를 보니, 유혜리가 대회에 참가하는 것 같지 않았다. 유혜리는 대회 MC를 보기 위해 왔다고 이야기했다. 유혜리가 MC라니 별로 반갑지는 않았다.

"근데 너, 한 달 사이에 많이 달라졌네? 특별한 다이어트라도 했어? 아니면 시술?"

유혜리가 내 몸을 이리저리 훑어보며 물었고, 나는 그냥 웃어 넘겼다.

"근데 서류 심사는 어떻게 통과한 거야? 우리 지난번 백화점에서 만났을 때가 서류 마감 날 근처 아니었어? 그땐 이렇지 않았잖아."

유혜리가 이상하다는 듯 계속 고개를 갸우뚱했다. 스태프가 유혜리에게 다가와 곧 대회가 시작된다며 무대에 오르라고 지시했고, 유혜리는 스태프에게 밀려 무대에 올랐다.

대기실 화면에 유혜리와 인기 개그맨 남자가 대회 인사말을 하는 게 나왔다.

"D조 준비하세요."

스태프가 돌아다니며 참가자들에게 말을 했다. 마지막으로 거울을 보며 무대에 오를 준비를 했다. 백 명의 출전자가 한 명씩 무대에 올라 워킹을 한 후, 열 명씩 팀을 이루어 무대에 선다. 똑같은 옷을 입고, 똑같은 신발을 신어 다 비슷비슷해 보이지만, 몇몇 튀는 사람들이 보였다. 청바지 모델은 무조건 마른 사람이 잘 어울리지 않는다. 다리 길이도 길어야 하고, 엉덩이에 볼륨도 있어야 청바지 태가 난다.

42번이 워킹을 마치고, 무대 뒤로 걸어오는 게 보였다. 그다음은 내 차례다. 청바지는 활동성이 중요하다. 그렇기 때문에 다른 패션쇼와 달리 걸을 때 더 발랄한 포즈를 취해야 한다.

"43번 올라가세요."

스태프의 신호를 듣고 무대에 올랐다. 다리를 조금 더 곧게 편 후, 보폭을 조금 더 크게 했다. 객석에 은지와 여자애가 앉아 있는 게 보였다. 둘은 내가 나오는 걸 보고 손을 흔들었다. 마음 같아서는 나도 손을 크게 흔들어 주고 싶지만 지금은 오로지 걷는 것에만 집중해야 한다.

무대 끝에 섰을 때, 멈추어 서서 포즈를 잡았다. 1초, 2초, 3초. 사람들의 시선과 무대 조명이 온통 나에게 집중되었다. 감각이 점점 더 되살아나고 있다. 지금 나의 컨디션은 최상이다.

뒤돌아서서 무대 뒤쪽을 향해 걸었다. 아직 끝난 게 아니다. 무대에서 완전히 보이지 않을 때까지 심사위원들은 나를 평가하고 있다.

청바지 세 벌과 청치마 한 벌을 더 입고 나서야 심사가 끝났다. 대회는 정신없이 진행되었다. 청바지 모델 선발대회와 함께 청바지 런칭쇼가 이루어졌다. 선발대회 중간 중간, 유명 가수들이 와서 콘서트 장을 방불케 할 만큼 노래를 불렀고, 유명 연예인들이 청바지 런칭을 축하하기 위해 왔다. 그리고 그들을 취재하기 위해 여러 방송국과 신문사에서 왔다.

출전자의 가슴에는 이름 대신 번호표가 붙어 있다. 나는 43번이다. 심사는 청바지 회사에서 위촉한 열 명의 심사위원들이 한다. 회사 간부도 있고, 유명 모델과 탤런트도 있다.

심사위원들이 순위를 매기고 있는 동안, 청바지 브랜드 소개가 이어졌다. 2부에서 열 명의 최종 선발자를 가린 후, 다시 그중에서 1, 2, 3위를 뽑는다. 아직 결과가 남아 있지만 홀가분하다. 다른 출전자들 역시 그런 표정들이다. 긴장했던 출전자들이 편안하게 의자에 앉아 휴식을 취하고 있다.

의자에 앉아 쉬고 있는데, 갑자기 갈증이 확 몰려 왔다. 긴장한 상태로 왔다 갔다 했더니 목이 더 말랐다. 시원한 음료수를 마시면 괜찮아질 것 같아 대기실에서 나와 2층 음료수 자판기로 갔다.

차가운 생수를 뽑아 마시고 있는데, 누군가 내 어깨를 쳤다. 여자애였다.

"포즈 괜찮던데요? 좀 멋졌어요."

여자애는 기분이 좋은지 계속 웃고 있다.

"미스 노보다 나은 사람은 없어요. 나 사실 미스 노가 아주 날씬한 게 아니라서 떨어질 거라고 생각했거든요. 근데 이상하게 미스 노가 제일 잘 어울려요. 왜 건강한 사람을 뽑는다고 했는지 알 것도 같아요. 미스 노 정말 최고예요!"

"그래?"

"나 떨려 죽겠어요. 아무래도 순위 안에 들겠죠? 그렇죠?"

여자애는 재잘재잘 잘도 떠들었다. 여자애가 거짓말을 하는 것 같지 않았다. 여자애의 진심이 내게 와 닿았다.

"아, 나도 무대에 서고 싶다."

여자애가 내 앞에서 모델처럼 워킹을 했고, 나도 여자애와 나란히 서서 모델 포즈를 취했다. 우리는 서로 더 과장된 몸짓을 하며, 서로를 보고 웃었다.

그런데 저 멀리 유혜리가 씩씩대며 우리 쪽으로 걸어오고 있었다.

"역시 이상했어."

유혜리가 나와 여자애 앞에 서더니 소리쳤다.

"기가 막히게 닮았네. 이 애, 누구야? 네 동생이야?"

나는 아무 대답하지 않고 가만히 유혜리를 쳐다보았다. 유혜리가 지금 왜 이러는지 알 수 없었다.

"이 사진, 네가 아니라 네 동생이지?"

유혜리가 내 앞에 종이 뭉치를 들이밀었다. 내가 모델 대회에 접수한 서류다. 유혜리는 나와 여자애 앞에서 서류를 넘겨 보였다. 서류 속 사진을 가리키며 내가 아닌 여자애와 비교했다.

"사진 속 인물이 너와 닮긴 했지만, 너일 리는 없어. 접수 마감 때 너는 분명 몸이 이렇지 않았거든. 그리고 너는 머리가 짧은데, 사진 속의 여자는 긴 머리야. 아무래도 이상했는데, 객석에 너랑 아주 닮은 여자애가 앉아 있더라."

유혜리는 대리인의 사진으로 서류를 접수한 참가자가 있다는 것을 주최측에 알리겠다고 했다.

"대리인의 사진으로 대회에 참가한 건 충분히 수상 취소감

이야."

유혜리가 나를 노려보며 말했다. 내가 사진을 찍은 게 맞다고 했지만, 유혜리는 그건 심사위원에게 가서 직접 이야기하라고 했다.

"셋이 같이 가서 이야기하자."

유혜리는 여자애의 팔을 움켜잡은 후, 여자애를 잡아끌었다. 온몸의 기운이 다 빠져나갔다. 사진 속의 인물을 나라고 해도 전혀 이상할 건 없다. 하지만 사진 속 인물을 여자애와 나와 비교한다면 여자애에 더 가까웠다. 이대로 여자애와 같이 심사위원 앞에 서게 된다면 끝이다.

그때 갑자기 여자애가 유혜리를 밀치고 달리기 시작했다. 바닥에 넘어진 유혜리가 일어서기 전에 나도 여자애를 따라 달렸다.

2층 복도 끝까지 달린 여자애는 1층으로 향하는 계단을 내려갔다. 여자애와 같이 뛰어서 계단을 내려가고 있는데, 여자애가 발을 헛디디면서 몸을 비틀거렸다.

"조심해!"

여자애의 어깨를 잡아챘다. 이미 여자애의 몸이 중심을 잃고 아래쪽으로 기운 상태였다. 나는 여자애를 안았고, 우리는 서로를 껴안은 채 계단을 굴렀다.

두 눈을 꼭 감았다. 슈퍼모델 대회에 나갔던 일, 서울 패션쇼 메인 모델로 뽑혔던 일, 캐스팅 번복으로 패션쇼 당일 무대에 서는 게 취소되었던 일, 병원에서 치료를 받던 일, 민준에게 헤어지자고 말했던 일, 화장실에서 몰래 울던 일 등 지난 십 년 동안의 일이 순식간에 머리를 스쳐갔다.

몸이 계단에 부딪히면서 1층 끝까지 내려왔다. 계단에 부딪힌 어깨가 아팠다. 그런데 나는 혼자였다. 내가 안고 있던 여자애가 감쪽같이 사라져 버렸다.

"괜찮으세요?"

남자 진행 요원이 달려와 괜찮냐고 물었다. 주위를 둘러보았지만 여자애는 없었다.

"저기, 저랑 같이 넘어진 여자애 못 보셨어요?"

"예?"

진행 요원은 무슨 소리냐며, 내가 혼자 계단을 굴렀다고 했다.

"아닌데. 분명 같이 굴렀는데……."

주변을 아무리 둘러보아도 여자애는 보이지 않았다. 분명히 꼭 껴안고 있었는데 어떻게 된 걸까.

"어머, 너 왜 그래? 괜찮아?"

어느새 따라 내려온 유혜리가 놀란 표정으로 나를 쳐다보고 있었다.

"괜찮은 거니? 너 굴러떨어지는 거 보고 깜짝 놀랐어."

"응?"

"얼른 일어나. 2부 시작하겠다."

유혜리는 아무 일도 없었던 것처럼 대회장 쪽으로 유유히 걸어갔다. 유혜리의 손에는 아무것도 들려 있지 않았다.

"괜찮으세요?"

진행 요원이 물었지만 대답할 수 없었다. 도대체 어떻게 된 일인지 모르겠다.

"괜찮아요? 일어설 수 있으시겠어요?"

진행 요원이 재차 물었다.

"네. 괜찮아요."

나는 진행 요원의 부축을 받아 일어섰다. 여자애가 어디로 숨어버린 건가 싶어 계속해서 주위를 두리번거렸지만 여자애는 없었다.

"정말 저 혼자 굴렀어요?"

"네. 혼자였어요."

진행 요원은 아무래도 머리를 다친 것 같다며 의무실로 가겠느냐고 물었다. 난 괜찮다고 고개를 저었다.

도대체 어떻게 된 걸까? 지금 이 상황을 도저히 이해할 수가 없다. 여자애는 감쪽같이 사라져 버렸고, 유혜리는 더 이상 이의를 제기하지 않고 가 버렸다.

"야, 너 왜 그래?"

대기실 앞에는 은지가 서 있었다. 은지는 진행 요원의 부축을 받는 나를 보고는 깜짝 놀라 물었다.

"너, 내 사촌 동생 못 봤어? 제니퍼 말이야."

은지의 팔을 붙잡았다.

"뭐?"

"제니퍼가 없어졌어."

나는 다급하게 말했다.

"너 지금 무슨 말 하는 거야? 제니퍼가 누군데?"

은지와 여자애가 둘이 짜고 내게 장난을 치고 있는 게 아닐까? 나는 장난하지 말라며 여자애가 어디 있는지 알려 달라고 말했다. 하지만 은지는 전혀 모르겠다는 표정을 지었다. 은지가 장난을 치는 것 같지 않았다. 은지는 정말 여자애를 모르는 걸까?

"너, 정말 몰라? 왜 우리 셋이 같이 여기 왔잖아. 미용실에서도 같이 있었고."

"무슨 소리야? 오늘 너는 계속 나랑 둘이 있었어."

"마이애미에서 온 내 사촌 동생이랑 셋이 있었잖아."

"도대체 누구를 말하는 거야? 네 사촌 동생 여기 왔어?"

"제니퍼 몰라? 우리 같이 치킨도 먹었잖아. 기억해 봐. 나랑 아주 많이 닮은 애 있잖아. 네가 너무 많이 닮았다고 신기해했잖아."

"야, 너 왜 그래? 무슨 헛소리를 하는 거야?"

은지는 내가 무슨 말을 하는지 전혀 모르겠다는 표정으로 나를 쳐다보았다. 내 옆에 있던 진행 요원이 내가 계단에서 굴러 머리를 다쳤다며 대회가 끝난 후 병원에 가 보라 했다.

"너, 진짜 몰라?"

은지는 정말 모른다며 고개를 저었다.

여자애는 이곳에서뿐만 아니라 사람들의 기억에서도 사라져 버렸다. 아무도 여자애를 알지 못한다.

대기실 문에 붙은 대회 포스터가 눈에 들어왔다.

JW 청바지 모델 선발대회

대회 일시: 2020년 8월 1일 14:00시
대회 장소: 인터컨티넨탈 스타디움 공개홀

"저기, 오늘 며칠이지?"

"8월 1일이잖아. 너 정말 병원에 안 가도 괜찮겠어?"

은지가 손으로 내 머리를 만지며, 어느 부분이 아프냐고 물었다.

"그렇구나. 8월 1일……"

십 년 전 8월 1일이었다. 내가 마이애미 비행기를 탔던 것은. 여자애는 다시 그 시간으로 돌아간 걸까.

곧 심사 결과가 발표된다는 방송이 나왔다. 은지는 관객석으로 갔고, 나는 대기실 안으로 들어왔다.

왜 아무도 여자애를 기억하지 못하는 걸까? 은지는 우리 집에 놀러온 사촌 동생도 없고, 대회장까지 온 건 은지와 나 둘뿐이란다. 아무리 여자애가 자기 시간으로 돌아갔다고는 하더라도 이상하다. 한 달 동안 여자애는 분명 나와 함께 있었다. 나와 수도 없이 싸웠고, 나의 다이어트를 도와주었다. 도대체 어떻게 된 거지? 여자애는 나의 환상 속에서 존재했던 걸까? 그렇다면 여자애와 함께 했던 한 달은 무엇이었을까.

의자 옆에 오늘 들고 온 가방이 보였다. 난 떨리는 손으로 가방을 열었다.

초록색의 작은 초콜릿 상자가 들어 있다. 안도의 한숨이 나왔다.

"최종 심사에 오른 분 발표할 거예요. MC가 호명하신 분은 무대에 오르세요."

스태프의 말에 이어, 유혜리가 번호를 부르는 방송이 들렸다.

"3번 고은비 씨, 8번 백혜지 씨, 14번 나지형 씨, 16번 이소울 씨, 43번 오예슬 씨……."

맙소사, 내 이름이 불렸다. 스태프가 다가와 무대에 오르라며 재촉했다.

　호명된 다른 참가자 여덟 명과 함께 무대 위에 섰다. 최종 후보자는 한 명씩 인터뷰를 하고, 무대 위에서 워킹을 한다.

　최종심에 오르다니 믿기지 않았다. 조명은 아까보다 더 눈부셨다. 긴장되어야 하는데, 이상하게 가슴이 뜨겁기만 하다. 객석을 살펴보니 은지 혼자 앉아 있다. 여자애는 정말로 가 버렸나 보다.

　갑자기 내게 왔던 그 애가, 또 갑자기 내 곁을 떠났다. 지금 생각해 보니, 그 아이와의 만남은 믿을 수 없는 일들의 연속이었다. 그나저나 그 애는 잘 도착했을까? 아주 잘 도착했을 게 분명하다.

　나는 수많은 것들과 안녕을 했다. 다시 만나자고 약속했던 초등학교 2학년 때 친구 지은이는 그 후로 단 한 번도 만나지 못했고, 제대로 하지 못했던 젓가락질을 대학에 들어오면서 고쳤고, 동생이나 다름없는 메리도 떠나 보냈고, 십 년을 만난 첫사랑과도 헤어졌다. 그뿐만이 아니라, 나는 매일 안녕하고 있다. 매일의 오늘은 늘 어제라는 과거가 된다. 과거가 된 어제는 아무리 그리워도 다시 만날 수가 없다. 한번 안녕한 것과는 다시 만날 수 없다. 하지만 이미 안녕했던 그 애가 나를 찾아왔다.

내 앞의 후보 네 명의 인터뷰가 끝나고 내 차례가 되었다.

"오예슬 씨는 슈퍼모델 출신이시죠. 모델 활동을 그만두었던 것으로 알고 있는데, 어떻게 다시 시작하게 되신 거죠?"

남자 사회자가 나에게 질문을 던졌다.

"저를 다시 꿈꾸게 해 준 사람이 있었거든요."

"그분도 오늘 오셨나요?"

"아니요. 다시는 돌아올 수 없는 곳으로 가 버렸어요."

"아, 그렇군요."

남자 사회자는 매우 안타깝다는 표정을 지었고, 옆에 서 있던 유혜리마저 객석을 향해 슬픈 표정을 지어 보였다.

"그럼 하늘에 계신 그분이 볼 수 있도록 멋지게 워킹 부탁드릴게요."

사회자의 말에 웃음이 나왔다. 뭐 남자의 말이 아주 틀린 건 아니다. 그 아이는 지금 비행기 안일 테니, 하늘에 있는 게 맞긴 하다.

남자의 지시에 따라 몸을 곧게 편 후 무대 앞 쪽을 향해 당당하게 걸었다.

십 년 전의 나, 오 년 전의 나, 일주일 전의 나, 어제의 나, 그리고 오늘의 나. 무수한 내가 켜켜이 쌓여 살고 있다. 하지만 난 한 번도 고개를 돌려 나의 과거에게 잘 지내냐는 안부 인사를 한 적이 없다. 나는 처음으로 내 과거들에게 안부를 전한다.

'다들 잘 있죠?'

그리고 이번에는 진짜 안녕해야 할 것 같다.

'잘 가라, 리틀 오예슬!'

11. 17세 오예슬

다시 시작하기

"오예슬, 괜찮아? 정신 차려 봐. 오예슬!"

누군가 내 뺨을 계속 때리고 있다. 뺨이 너무 아파 눈이 저절로 떠졌다. 눈앞에는 모르는 사람들이 잔뜩 있었고, 엄마도 보였다.

"엄마?"

"아휴, 다행이다. 그래, 엄마야, 예슬아. 정신 좀 들어?"

엄마가 나를 와락 안았다. 도대체 이게 어떻게 된 거지? 엄마가 언제 대회장에 왔지? 그리고 이 많은 사람들은 다 뭐야? 왜 이렇게 박수를 치고 있는 거지?

내가 주변을 두리번거리고 있는데, 어떤 여자가 내게 물 한 컵을 가져다주었다. 나는 목이 너무 말라 그 물을 받아 한

번에 다 마셨다.

"여기가 어디야?"

"어디긴. 비행기지."

"비행기?"

주변을 자세히 보니, 비행기 안이 맞다. 내게 물을 가져다 준 사람은 스튜어디스 언니였다. 이상하다. 난 미스 노와 함께 계단에서 굴러 떨어졌다. 하지만 눈을 떠 보니 비행기 안이다.

"언니는? 언니는 어딨어?"

"여기 있어. 예슬아, 괜찮아?"

오예진이 내 손을 잡았다.

"아니, 이 언니 말고. 예슬 언니……."

"애가 무슨 헛소리야. 언니 이름은 예진이잖아."

엄마가 정신을 차리라며 내 등을 두드렸다. 나는 왜 여기에 있는 걸까? 미스 노는 어디에 간 거지? 손목에 시계가 채워져 있다. 분명 유리판이 깨져 버렸는데, 시계는 멀쩡한 상태로 초침이 움직이고 있었다. 도대체 어떻게 된 거지?

"오늘 몇 월 며칠이야?"

난 엄마의 팔을 잡고 물었다.

"애가 무슨 소리를 하는 거야?"

엄마가 대답을 해주지 않았고, 옆에 서 있던 스튜어디스가

"8월 1일이에요."라고 대답해 주었다.

"그럼 2010년이에요?"

내 물음에 스튜어디스 언니가 그렇다고 대답했다.

"손님, 괜찮으세요?"

스튜어디스 언니가 걱정스러운 얼굴로 재차 물었다. 난 괜찮다는 표시로 고개를 끄덕였다.

오늘은 8월 1일이고, 그곳에서도 8월 1일이었다. 제 날짜가 되어 나는 다시 여기로 돌아온 걸까?

"엄마, 저기 있잖아."

"왜?"

"아니야."

그동안 있었던 일을 엄마와 오예진에게 이야기하려다가 그만두었다. 분명 나를 정신 나간 애로 여길 것이다.

"그러니까 밥 좀 제대로 먹지. 살 뺀다고 굶어 대니까 쓰러지지 아휴, 내가 정말 못살아."

엄마가 나를 구박했고, 옆에서 오예진이 "쟤, 기내식도 하나도 안 먹었어."라고 거들었다. 머리가 아파 엄마와 오예진의 공격에 대꾸하지 못하고 있는데, 스튜어디스 언니가 나를 비행기 좌석으로 안내했다. 원래 앉았던 이코노미 좌석이 아니라, 비지니스석이었다.

비지니스석에 앉으니 편하다. 좌석도 무척 넓고 다리도 마음대로 뻗을 수 있다. 스튜어디스 언니는 내게 계속 와서 괜찮냐고 물었고, 나는 걱정하지 말라고 했다. 다만 무언가에 세게 부딪힌 것처럼 어깨가 계속 아팠다.

그런데 어떻게 된 거지? 혹시 내가 잠깐 꿈을 꾼 건가? 미스 노와 함께 지낸 한 달은 꿈이었을까? 지금의 나로서는 그 시간들이 진짜였는지 꿈이었는지 알 수 없다. 십 년 후가 된다면 나는 진실을 알 수 있을 거다.

졸음이 쏟아졌고, 의자에 기대어 살며시 잠을 청했다.

작가의 말

 힘들 때, 난 미래의 내가 되어 나에게 편지를 쓴다. 지나 보니 괜찮다며, 원래 그 시기는 그런 거라고. 눈 가리고 아웅이지만, 미래의 나에게 위로를 받으면 조금 나아졌다. 하지만 문득 그런 생각이 들었다.
 십 년 뒤의 내가 아니라, 십 년 전의 나라면 무슨 말을 할까?
 분명 그 아이는 징징거리는 나에게 실망하고 화를 낼 것이다. 왠지 그 상황이 재미있을 것 같았고, 가볍게 소설을 쓸 생각을 했다. 과거의, 미래의 나와 만나는 일만큼 환상적인 일이 어디 있겠는가? 하지만 글을 쓰면서 깨달았다. 이건 상큼한 성장 이야기가 아니라, 끔찍한 공포담이란 것을.

십 년 후, 십 년 전의 나 자신과 조우한다는 건 17세 오예슬에게도, 27세 오예슬에게도 끔찍한 일이다. 그리고 글을 쓰는 나에게도 마찬가지였다.

  초고를 쓸 때, 27세 오예슬은 나를 꽤 많이 울렸다. 꿈에서 도망친 27세 오예슬은 나와 많이 닮았다. 내 뜻과 정반대로 움직이는 세상 속에서, 나 혼자만 맨 뒤에 서 있는 것 같을 때가 있다. 17세 오예슬도 나를 슬프게 했다.

  고등학생 때 일기를 읽었는데, 그때의 나는 꼭 17세 오예슬이었다. 지나친 자신감과 원인 모를 자부심이 가득했던 내 모습이 떠올라 꺼이꺼이 울었다. 십 년 동안, 나에게 참 많은 일들이 있었다.

  이 글을 쓰면서 나 자신과 조금은 화해한 느낌이다. 이제 나는 과거의, 현재의, 미래의 나와 멋지게 포옹할 수 있을 것 같다.

  소설 쓰는 일은 구름 위를 걷는 것과 비슷하지 않을까 싶다. 너무 즐거워 날아갈 것 같지만, 구름에 구멍이 나서 떨어질까 봐 두렵다. 그때마다 나를 잡아 주는 이들이 있다. 내 소설이 재미있다고 해주는 익명의 블로거들(당신들의 글을 다 찾아 읽습니다!), 나의 문학 시야를 넓혀 주는 겨레아동문학 사람들과 원종찬 선생님, 내 인생의 롤모델 난다 동인 선생님들, 그리고 내 글을 믿어 주는 비룡소와 2차원의 글을 3차원으로 만들어 주는 박지은 팀장님. 그들을 믿고, 구름 위에서 마음껏 놀아 보겠다.

김혜정

블루픽션 50

판타스틱 걸

1판 1쇄 펴냄 2011년 1월 20일

1판 14쇄 펴냄 2021년 2월 22일

지은이　김혜정

펴낸이　박상희

편집주간　박지은

디자인　최지은

펴낸곳　(주)비룡소

출판등록 1994.3.17.(제16-849호)

주소　(06027) 서울시 강남구 도산대로1길 62 강남출판문화센터 4층

전화　영업 02)515-2000 · 편집 02)3443-4318,9

팩스　02)515-2007

홈페이지 www.bir.co.kr

제품명 어린이용 반양장 도서 제조자명 **(주)비룡소** 제조국명 대한민국 사용연령 3세 이상

ⓒ 김혜정, 2011. Printed in Seoul, Korea.

ISBN　978-89-491-2304-2 44810
　　　　978-89-491-2053-9 (세트)

| 블루픽션 시리즈

1. 스켈리그 데이비드 알몬드 글/ 김연수 옮김
안데르센 상, 엘리너 파전 문학상, 카네기 상, 휘트브레드 상, 마이클 L.프린츠 상,
어린이도서연구회 권장 도서, 책교실 권장 도서, 중앙독서교육 추천 도서

2. 운하의 소녀 티에리 르냉 글/ 조현실 옮김
소르시에르 상, 어린이도서연구회 권장 도서

4. 0에서 10까지 사랑의 편지 수지 모건스턴 글/ 이정임 옮김
밀드레드 L. 배첼더 상, 어린이도서연구회 권장 도서

5. 희망의 섬 78번지 우리 오를레브 글/ 유혜경 옮김
안데르센 상 수상 작가, 밀드레드 L. 배첼더 상, 머더카이 상, 아침햇살 선정 좋은 어린이 책,
중앙독서교육 추천 도서, 책교실 권장 도서, 책따세 추천 도서

6. 릭스 극장의 연인 자닌 테송 글/ 조현실 옮김
프랑스 '올해의 청소년 책', 소르시에르 상, 어린이도서연구회 권장 도서, 열린 어린이가 뽑은 좋은 책

7. 시인 X 엘리자베스 아체베도 글/ 황유원 옮김
카네기상, 내셔널 북 어워드, 마이클 L. 프린츠 상, 보스턴 글로브 혼 북 상, 골든 카이트 어워드,
아침독서 추천 도서

9. 이매지너리 프렌드 매튜 딕스 글/ 정회성 옮김

10. 초콜릿 전쟁 로버트 코마이어 글/ 안인희 옮김
미국 도서관 협회 선정 도서, 뉴욕타임스 선정 도서, 어린이도서연구회 권장 도서

11. 전갈의 아이 낸시 파머 글/ 백영미 옮김
뉴베리 상, 국제 도서 협회 선정 도서, 마이클 L. 프린츠 상, 책교실 권장 도서, 어린이도서연구회 권장 도서

13. 나의 산에서 진 C. 조지 글/ 김원구 옮김
뉴베리 상, 미국 도서관 협회 선정 도서, 어린이도서연구회 권장 도서,
열린 어린이가 뽑은 좋은 책, 책교실 권장 도서

15. 우리 형은 제시카 존 보인 글/ 정회성 옮김
줏대있는 어린이 추천 도서

17. 푸른 황무지 데이비드 알몬드 글/ 김연수 옮김
안데르센 상, 엘리너 파전 문학상, 스마티즈 상, 마이클 L.프린츠 상, 어린이도서연구회 권장 도서

18. 킬리만자로에서, 안녕 이옥수 글김
학교도서관저널 추천 도서

20. 기억 전달자 로이스 로리 글/ 장은수 옮김
뉴베리 상, 보스턴 글로브 혼 북 명예상, 어린이도서연구회 권장 도서,
열린 어린이가 뽑은 좋은 책, 교보문고 추천 도서

22. 내 인생의 스프링캠프 정유정 글
세계청소년문학상, 문화관광부 교양 도서, 어린이도서연구회 권장 도서,
교보문고 추천 도서, 학도넷 추천 도서

23. 줄무늬 파자마를 입은 소년 존 보인 글/ 정회성 옮김
아일랜드 '오늘의 책', 행복한 아침독서 추천 도서, 교보문고 추천 도서

24. 이상한 나라에 빠진 앨리스 지은이 알 수 없음/ 이다희 옮김
고래가 숨쉬는 도서관 추천 도서, 교보문고 추천 도서

25. 파랑 채집가 로이스 로리 글/ 김옥수 옮김
어린이도서연구회 권장 도서

26. 하이킹 걸즈 김혜정 글
블루픽션상, 한국문화예술위원회 우수문학도서, 책따세 추천 도서, 학도넷 추천 도서

27. 지구 아이 최현주 글
제11회 블루픽션상 수상작

28. 나는 브라질로 간다 한정기 글
황금도깨비상 수상 작가, 소년조선일보 추천 도서, 중앙일보 추천 도서

29. 키싱 마이 라이프 이옥수 글
한국문화예술위원회 우수문학도서, 어린이도서연구회 권장 도서, 교보문고 추천 도서,
전국독서새물결모임 추천 도서, 학교도서관저널 추천 도서

30. 꼴찌들이 떴다! 양호문 글
블루픽션상, 행복한 아침독서 추천 도서, 교보문고 추천 도서, 책따세 추천 도서,
경기도학교도서관사서협의회 추천 도서, 중앙일보 북클럽 추천 도서

31. 우연한 빵집 김혜연 글
문학나눔 선정 도서, 학교도서관저널 추천 도서, 책따세 추천 도서, 아침독서 추천 도서,
어린이도서연구회 추천 도서

32. 생쥐와 인간 존 스타인벡 글/ 정영목 옮김
미국 도서관 협회 선정 도서, 국립어린이청소년도서관 추천 도서

33. 두 개의 달 위를 걷다 샤론 크리치 글/ 김영진 옮김
뉴베리 상, 미국 어린이 도서상, 스마티즈 북 상, 영국독서협회 상 수상작,
경기도학교도서관사서협의회 추천 도서, 학도넷 추천 도서

34. 침묵의 카드 게임 E.L. 코닉스버그 글/ 햇살과나무꾼 옮김
스쿨 라이브러리 저널 선정 최고의 책, 에드거 앨런 포 상 노미네이트,
경기도학교도서관사서협의회 추천 도서, 아침독서 추천 도서

35. 빅마우스 앤드 어글리걸 조이스 캐럴 오츠 글/ 조영학 옮김
스쿨 라이브러리 저널 선정 최고의 책, 미국 도서관 협회 선정 최고의 청소년 책,
뉴욕 공립 도서관 추천 도서, 학교도서관저널 추천 도서

36. 서쪽 마녀가 죽었다 나시키 가오 글/ 김미란 옮김
소학관 문학상, 일본 아동문학가협회 신인상, 한국간행물윤리위원회 청소년 권장 도서,
어린이도서연구회 권장 도서, 아침독서 추천 도서, 책따세 추천 도서

37. 닌자걸스 김혜정 글
전국학교도서관담당교사모임 추천 도서, 아침독서 추천 도서

38. 첫사랑의 이름 아모스 오즈 글/ 정회성 옮김
안데르센 상, 제브 상

39. 하니와 코코 최상희 글
블루픽션상, 사계절문학상 수상 작가, 학교도서관저널 추천 도서

40. 파랑 치타가 달려간다 박선희 글
제3회 블루픽션상 수상작, 학교도서관저널 추천 도서, 아침독서 추천 도서,
어린이도서연구회 권장 도서, 책따세 추천 도서, 문화체육관광부 우수교양도서

41. 나는, K다 이옥수 글
학교도서관저널 추천 도서

42. 어쩌자고 우린 열일곱 이옥수 글
한국도서관협회 우수문학도서, 학교도서관저널 추천 도서

43. 앉아 있는 악마 김민경 글

44. 최후의 Z 로버트 C. 오브라이언 글/ 이진 옮김
뉴베리 상 수상 작가

46. 줄리엣 클럽 박선희 글
제3회 블루픽션상 수상 작가, 대한출판문화협회 선정 올해의 청소년 도서,
한국도서관협회 선정 우수문학도서

47. 번데기 프로젝트 이제미 글
제4회 블루픽션상 수상작

48. 뚱보가 세상을 지배한다 K.L. 고잉 글/ 정회성 옮김
마이클 L. 프린츠 아너 상

49. 파랑 피 메리 E. 피어슨 글/ 황소연 옮김
미국학교도서관저널, 미국도서관협회 선정 청소년 분야 '최고의 책',
학교도서관저널 추천 도서, 책따세 추천 도서

50. 판타스틱 걸 김혜정 글
제1회 블루픽션상 수상 작가, 대한출판문화협회 선정 올해의 청소년 도서,
고래가 숨쉬는 도서관 선정 도서, 한국도서관협회 선정 우수문학도서,
경기도학교도서관사서협의회 추천 도서

51. 어쨌거나 스무 살은 되고 싶지 않아 조우리 글
제12회 블루픽션상 수상작

52. 우리들의 짭조름한 여름날 오채 글
마해송 문학상 수상 작가, 한국도서관협회 선정 우수문학도서,
국립어린이청소년도서관 추천 도서, 경기도학교도서관사서협의회 추천 도서,
2017 순천시 One City One Book 선정 도서

53. 웰컴, 마이 퓨처 양호문 글
제2회 블루픽션상 수상 작가, 대한출판문화협회 선정 올해의 청소년 도서,
경기도학교도서관사서협의회 추천 도서

54. 초록 눈 프리키는 알고 있다 조이스 캐럴 오츠 글/ 부희령 옮김
미국 내셔널북어워드, 오헨리 상 수상 작가, 경기도학교도서관사서협의회 추천 도서,
국립어린이청소년도서관 추천 도서

56. 메신저 로이스 로리 글/ 조영학 옮김
뉴베리 상, 보스턴 글로브 혼 북 명예상 수상 작가, 경기도학교도서관사서협의회 추천 도서

59. 고백은 없다 로버트 코마이어 글/ 조영학 옮김
전미 도서관 협회 선정 청소년을 위한 최고의 책,
퍼블리셔스 위클리 선정 최고의 책, 북리스트 편집자의 선택

61. 개 같은 날은 없다 이옥수 글
2013 서울 관악의 책, 목포시립도서관 추천 도서, 울산남부도서관 올해의 책,
책따세 추천 도서, 한국간행물윤리위원회 청소년 권장 도서, 한국도서관협회 우수문학도서,
국립어린이청소년도서관 추천 도서

63. 명탐정의 아들 최상희 글
제5회 블루픽션상 수상 작가, 문화체육관광부 우수교양도서

64. 갈까마귀의 여름 데이비드 알몬드 글/ 정화성 옮김
안데르센 상, 엘리너 파전 문학상, 카네기 상, 휘트브레드 상 수상 작가

65. 파랑의 기억 메리 E. 피어슨 글/ 황소연 옮김

67. 하필이면 왕눈이 아저씨 앤 파인 글/ 햇살과나무꾼 옮김
카네기 메달, 가디언 어린이 픽션 상

68. 반드시 다시 돌아온다 박하령 글
제10회 블루픽션상 수상작, 학교도서관저널 추천 도서, 세종도서 문학나눔 선정 도서

69. 원더랜드 대모험 이진 글
제6회 블루픽션상 수상작, 국립어린이청소년도서관 추천 도서, 아침독서 추천 도서

70. 나는 일어나, 날개를 펴고, 날아올랐다 조이스 캐럴 오츠 글/ 황소연 옮김
미국 내셔널북어워드, 오헨리 상 수상 작가

71. 칸트의 집 최상희 글
제5회 블루픽션상 수상 작가, 아침독서 추천 도서, 세종도서 문학나눔 선정 도서

72. 태양의 아들 로이스 로리 글/ 조영학 옮김
뉴베리 상, 보스턴 글로브 혼 북 명예상 수상 작가

73. 마법의 꽃 정연철 글
푸른문학상 수상 작가, 세종도서 문학나눔 선정 도서, 학교도서관저널 추천 도서

74. 파라나 이옥수 글
학교도서관저널 추천 도서, 사계절문학상 수상 작가, 책따세 추천 도서, 국립어린이청소년도서관
추천 도서, 세종도서 문학나눔 선정 도서, 아침독서 추천 도서

75. 그 여름, 트라이앵글 오채 글
마해송 문학상 수상 작가, 국립어린이청소년도서관 추천 도서, 아침독서 추천 도서

76. 밀레니얼 칠드런 장은선 글

제8회 블루픽션상 수상작, 학교도서관저널 추천 도서, 아침독서 추천 도서

77. 아르주만드 뷰티 살롱 이진 글

블루픽션상 수상작가, 한국출판문화진흥원 우수 콘텐츠 제작 지원 당선작

78. 굿바이 조선 김소연 글

⊙ 계속 출간됩니다.